… ist in uns gebor‘n!

Dirk Michael Steffan

Der Stern, der uns leuchtet

Die Geschichte einer „Mettenschicht“

Besuchen Sie uns im Internet:
www.momentederliebe.de

1.Auflage 2018
Ungekürzte Ausgabe

Titelmotiv: Tanja Renate Steffan
Produktion: MyWay Entertainment GmbH

Tredition **Paperback:**
ISBN 978-3-7482-0414-5
Tredition **E-Book:**
ISBN 978-3-7482-0823-5

Gewidmet all denen,
die an das Licht glauben,
noch bevor sie es sehen können.

Vorwort

von Stefanie Hertel

Als ich zum ersten Mal die Erzählung von Dirk Michael Steffan las, war ich zutiefst berührt. Zum einen, weil er als Schauplatz für diese spannende Geschichte das Vogtland gewählt hat. Jene wunderbare Gegend, die ich bis heute meine Heimat nenne.
Zum anderen aber auch, weil dieses Buch mich -wie kaum ein anderes- daran erinnert, was wirklich wichtig ist, wenn wir über die Bedeutung des Weihnachtsfestes nachdenken.

Sein faszinierender erzählerischer Ansatz ist es, die lichtvolle Botschaft von Weihnachten zu verbinden mit dem Gegenteil - der Dunkelheit und Hoffnungslosigkeit. *„Der Stern, der uns leuchtet...“* erzählt von der immensen Wirkung dieses scheinbaren Gegensatzes: Erst inmitten der tiefsten Nacht kann das Licht seine Kraft vollkommen entfalten.

Für die meisten von uns ist Weihnachten sicherlich vor allem das Fest der Familie, verbunden mit vielen persönlichen Erinnerungen an die eigene Kindheit.
Auch in diesem Buch geht es um die Familie und um die Kraft der Liebe. Sie verbindet hier sogar Menschen, die gar nichts voneinander wissen. Erst die ungewöhnlichen Umstände eines besonderen Heiligabends führen dazu, dass sie auf berührende Art und Weise wieder zusammen finden – vollkommen anders, als der Leser es erwarten würde.

Ganz besonders freut es mich, selbst die Gelegenheit zu haben, dieser wundervollen Erzählung auch auf der Bühne im Rahmen unserer Konzerte einen Raum zu geben.
Möge die hoffnungsvolle Botschaft dieser Geschichte viele Leser und Zuhörer erreichen - auf dass der Stern, der uns leuchtet, in uns geboren wird …

Herzlichst, Ihre

Stefanie Hertel

Berlin, den 20. April 1955

Mein Liebster,

morgen ist es vier Monate her,
dass wir uns zuletzt geküsst haben.
Damals, am 21. Dezember, wusste ich noch nicht, dass es vielleicht das letzte Mal sein könnte. Du sagtest, Du würdest nochmal wiederkommen, bevor Du Deinen Dienst bei der Armee antrittst. Damals vermochtest Du noch nicht zu sagen, in welcher Einheit und an welchem Ort Du Deine Zeit beim Militär verbringen würdest.
Seit diesem 21. Dezember verging kein Tag, an dem ich nicht auf ein Lebenszeichen von Dir gehofft hätte. Die tägliche Post war der wichtigste Moment an jedem einzelnen Tag. Doch aus all den Momenten des Wartens und Hoffens wurden neue Enttäuschungen, die täglich ein Stück mehr schmerzten.
Keine Nachricht von Dir seither. So bleibt mir nichts anderes übrig, als Dir meine Gedanken zu schreiben, ohne zu wissen, wohin ich diesen Brief absenden soll.

Mir ist nichts von Dir geblieben - außer meine Erinnerung an unsere gemeinsamen Stunden. An Deine Stimme, an Dein Lachen, Deine wunderbaren blauen Augen und unsere kurzen Momente des Glücks.
Und doch – mir ist noch etwas Wundervolles geblieben! Von dem Du gar nichts weißt und das ich so unendlich gern mit Dir teilen würde - der schönste Ausdruck unserer Verbindung und Liebe: unser gemeinsames Kind.
So Gott will, wird es im August das Licht dieser Welt erblicken und ich hoffe inständig, dass Du rechtzeitig davon erfahren wirst, wie auch immer dies geschehen mag.
Mein Gefühl sagt mir, dass es ein Junge ist und bestimmt wird er Deine blauen Augen haben und Dein Lachen. Nichts wünschte ich mir mehr, als dass wir das kommende Weihnachtsfest zum ersten Mal gemeinsam feiern könnten, als kleine Familie.

Noch habe ich die Hoffnung auf ein Lebenszeichen von Dir nicht aufgegeben.

Vielleicht wirst Du eines Tages diesen Brief lesen und Dich wundern, dass meine Zeilen so melancholisch sind und voller Zweifel.
Doch Du sollst wissen, dass meine Liebe zu Dir tief in meinem Herzen nicht kleiner geworden ist. Auch wenn ich die Umstände und die Gründe nicht kenne, dass Du ganz ohne Ankündigung aus meinem Leben verschwunden zu sein scheinst.
So hoffe ich inständig, dass uns das Schicksal wieder zusammen führen wird. Tag und Nacht denke ich an Dich und unsere viel zu kurze, gemeinsame Zeit. Du bist der Mann meines Lebens, das spürte ich wohl vom ersten Moment. Es kann keinen anderen geben und schon beim ersten Treffen war mir, als sei unsere Begegnung keineswegs ein Zufall.
Nun aber bist Du fort und mir bleibt nichts, als Dich in meinem Herzen und in meiner Seele zu bewahren und auf ein Lebenszeichen von Dir zu hoffen.
Drei Tage nach unserem letzten Beisammensein, es war am Heiligabend, habe ich Dir

als Weihnachtsgeschenk ein kleines Gedicht geschrieben. Ich würde es Dir gern vorlesen, wenn wir uns wieder sehen; die letzte Strophe lautet:

„Jeden Schritt, den Du gehst,
geh ich mit, denn Du bist mir vertraut.
Auch wenn Du mich nicht siehst, mich nicht
spürst, bin ich es, der auf Dich schaut.
Wie ein Stern für Dich scheint und erstrahlt,
auch wenn der Himmel ihn verhüllt
bin ich da, es ist wahr:
Deinen Weg gehst Du nicht allein.
Schau nur hin und Du fühlst:
Immer werde ich bei Dir sein"

Vielleicht führt uns das Leben noch einmal zusammen, mein Liebster. Dann werde ich Dir das ganze Gedicht vortragen – oder es für Dich singen, denn es eignete sich auch als ein Lied. Du sollst wissen: Es gibt Liebe, die endet nie. Ich liebe Dich. Für immer ...

Deine Katharina

Am letzten Samstag im November 1957 machten sich Bernd und Margit Herbacher von ihrer Heimat in Tannenbergsthal auf den Weg nach Berlin. Es war ein grauer und stürmischer Herbstmorgen, der so gar nicht zu ihren Hoffnungen zu passen schien.
Ihre Anreise würde gut einen halben Tag dauern, doch ihr Gefühl sagte ihnen, dass es jeden Aufwand wert war. Vom Vogtland aus waren es weit über dreihundert Kilometer in die große Hauptstadt, die sie noch nie zuvor besucht hatten. Die Behörden hatten nach langem Warten letztlich ihr Einverständnis gegeben für eine Adoption und ihnen ein Kinderheim zugewiesen. Dreimal hatten sie seither mit dem „Staatlichen Kinderheim Köpenick“ telefoniert, bis der Termin zustande kam.

Gut neun Jahre schon waren seit ihrer Hochzeit vergangen. Neun Weihnachtsfeste, an denen sie gehofft hatten, endlich zu dritt sein zu können.

Nun wollten sie einem kleinen Jungen, der noch nichts davon wissen konnte, ein neues Zuhause geben und ihm liebevolle und fürsorgliche Eltern sein. Zwar verdiente Bernd als Musikinstrumentenbauer kein Vermögen, doch es würde reichen, um das Familienglück komplett zu machen. Sogar ein eigenes Zimmer hatten sie schon hergerichtet in ihrem bescheidenen Haus, es schön angestrichen und ein paar gut erhaltene Spielsachen von den Nachbarn besorgt, deren Sohn inzwischen älter geworden war.

„Meinst Du, er wird sich bei uns wohlfühlen?“ fragte Bernd seine Frau. Er selbst hatte keine besonders schöne Kindheit erlebt und wollte es als künftiger Vater unbedingt besser machen als seine eigenen Eltern.

„Das Beste für ihn ist doch, dass wir ihn lieben. Er wird es gut bei uns haben, es wird ihm an nichts fehlen.“ Doch so ganz sicher war sich auch Margit ihrer Sache nicht. Würde ihr Kind nicht irgendwann spüren, dass es da noch jemand anderen gegeben hatte? Sollten sie es ihm ganz verschweigen?

Wann würde ein guter Zeitpunkt sein, offen mit der Vergangenheit umzugehen? „Mach Dir nicht so viele Gedanken, meine Liebe“, sagte ihr Mann mitten in das Grübeln seiner Frau hinein. „Er wird sich wohl fühlen und irgendwann spielt die Vergangenheit für uns alle keine Rolle mehr.“
Beide waren sie klar entschieden, dass es ein Sohn sein müsse. Er sollte den Namen Herbacher weiter tragen und ihnen das Gefühl geben, eine richtige Familie zu sein.

Am frühen Samstagnachmittag standen Sie schließlich mit klopfendem Herzen vor einem grauen, unscheinbaren Gebäude mit einem kleinen Schild am Eingang:
„Staatliches Kinderheim Köpenick“.
Herein gebeten wurden sie von einer freundlichen Mitarbeiterin, welche die beiden zunächst in einen Warteraum zum Vorgespräch begleitete. „Wir haben gehört, Sie wünschen sich, einen Jungen zu adoptieren. Wissen Sie, alle unsere Kinder bräuchten eine Familie. Vor allem die etwas Älteren. Denn die fangen

schon langsam an zu verstehen, wo sie hier sind. Wir werden Ihnen ein paar von ihnen zeigen. Doch lassen Sie sich Zeit mit Ihrer Wahl. Schließlich ist es eine Entscheidung fürs Leben…“
„Es wäre uns aber sehr recht, wenn der Junge nicht älter als zwei Jahre alt ist“, erwiderte Margit und ihr Mann ergänzte „…und er sollte kein Bettnässer sein“.

„Dort hinten haben wir unseren Spiel- und Aufenthaltsraum, da können Sie sich ganz in Ruhe einige der Kinder anschauen. Wenn Sie mit einem von ihnen sprechen möchten - nur zu! Haben Sie keine Scheu. Die Kinder kennen das bereits, schließlich kommen öfter Interessenten wie Sie hierher zu uns.“
Margit und Bernd Herbacher zogen ihre Mäntel aus und setzten sich auf ein kleines Sofa, das in der Ecke des Raumes stand. Sie waren innerlich aufgewühlt und schauten einander immer wieder vielsagend an. Ob sie wohl beide zum gleichen Kind eine Verbindung spüren würden?

Wie bloß sollten sie sich in diesen kurzen Momenten sicher werden, welches das „richtige“ ist?
Nachdem bereits über eine Stunde vergangen war, kam Frau Merle, die Leiterin des Heimes, mit fragendem Blick zu ihnen.
„Haben Sie sich schon entschieden? Gibt es eine Tendenz? Oder brauchen Sie noch Zeit, um sich in Ruhe auszutauschen?“
Margit und Bernd sahen nicht gerade glücklich aus. Es waren viele nette Kinder dabei, ruhige wie lebhafte. Aber keines, bei dem ein Funke auf sie beide übergesprungen wäre. Gerade bei den kleineren Jungen war die Auswahl nicht besonders groß.
„Waren das denn alle, die in Frage kommen?“, fragte Bernd mit zweifelndem Blick.
„Im Grunde ja. Es gibt zwar noch einen, doch bei dem glauben wir kaum, dass Sie interessiert wären. Er spricht fast kein Wort, spielt wenig mit den anderen Kindern und ist uns allen hier ein Rätsel. Wir haben bisher keinen Weg gefunden, um an ihn heran zu kommen.“

„Wo ist er denn“ fragte Margit.
„Vermutlich auf seinem Zimmer. Er ist nur selten im Spielzimmer bei den anderen. Möchten Sie ihn denn kennen lernen? Dann folgen Sie mir.“
Auf ein stummes Nicken der beiden hin gingen sie gemeinsam zum Ende des Ganges, wo sich noch ein Zimmer befand, dessen Tür angelehnt war. Nachdem sie vorsichtig geöffnet hatten, sahen sie in der hinteren Ecke des Raumes im Halbdunkel dieses Novembernachmittags einen kleinen Jungen mit blasser Haut, braunen Locken und blauen Augen. Er mochte etwa zwei Jahre alt sein. „Das ist unser Johannes“ sagte Frau Merle leise, „er ist sehr schüchtern“. Sie ging zu ihm und wollte ihn auf den Arm nehmen, doch er drehte sich sofort von ihr weg.
„Sehen Sie, was ich meine? Ich hab’s Ihnen ja gesagt. Wir wissen auch nicht, was wir mit ihm machen sollten, so verschlossen wie er ist.“
„Warten Sie einen Moment“, sagte Margit und ging ganz langsam auf den Kleinen zu.

Als sie etwa einen halben Meter vor ihm stand, beugte sie sich zu ihm herunter, setzte sich auf seine Bettkante und sprach mit warmer Stimme. „Hallo Johannes, Du hast aber einen schönen Namen. Und so hübsche blaue Augen. Ich bin Margit - und das hier ist mein Mann, Bernd. Wir sind hier, weil wir uns einen kleinen Jungen wünschen.“

Es verging eine Weile, da drehte der kleine Johannes ganz leicht seinen Kopf zu ihr und schaute Margit aus den Augenwinkeln an.

Sie erwiderte seinen Blick mit einem freundlichen, aufmunternden Lächeln und strich ihm sanft über seine braunen Löckchen.

„Er kann noch nicht richtig sprechen, er entwickelt sich nur langsam“, hörte Margit wieder die nüchterne Stimme von Frau Merle.

Eine Weile verging, in der es ganz still war im Raum. Dicke Regentropfen prasselten von draußen gegen die Fensterscheibe. Keiner der Erwachsenen sagte mehr ein Wort.

Schließlich nahm Margit behutsam die kleine Hand dieses für ihr Empfinden so besonderen Jungen und hielt sie sanft fest.

Als sie aufstehen wollte, sah der kleine Bub sie mit seinen blauen Augen plötzlich gerade und unverwandt an, drückte ganz leicht ihre Hand und sagte …
„Mama!“ …
In diesem Moment war es um Margit geschehen. Tränen schossen ihr in die Augen, seit so vielen Jahren schon hatte sie sich nichts sehnlicher gewünscht als nur den Klang dieses einen Wortes. Es war der schönste Moment, den sie sich vorstellen konnte.
Als sie ihre Fassung ein wenig wiedererlangt hatte, räusperte sie sich und sagte mit leiser Stimme: „Johannes - soll ich denn Deine Mama sein?“
„Mama!“ …wiederholte der Kleine nur, dessen Hand noch immer in der von Margit lag. Selbst Frau Merle, die als Leiterin des Kinderheims nach vielen Berufsjahren so schnell nichts aus der Fassung bringen konnte, hatte nun Tränen in den Augen. Auch Bernd kam hinzu, setzte sich zu ihnen auf die Bettkante und nahm, zur großen Überraschung

von Frau Merle, den Kleinen wie selbstverständlich auf seinen Schoß.
„Sie müssen aber wissen, dass er Bettnässer ist“ warf Frau Merle der guten Ordnung halber in Richtung Bernd ein. Doch kein Argument dieser Welt hätte das stille Einverständnis zwischen den dreien, das in so kurzer Zeit entstanden war, jemals wieder sprengen können.
„Na, das werden wir schon hinkriegen, oder?“ sagte Bernd zu Johannes - und wie zur Bestätigung ließ dieser einen langen Pups.
„... musikalisch ist er auch noch“ grinste Bernd, den nun nichts mehr in seiner Meinung erschüttern konnte. „Ich werde Dir eine Mundharmonika schenken, mein Kleiner. Dann machen wir zusammen Musik!“

Als alle Formalitäten erledigt waren und sich die neue kleine Familie Herbacher auf ihren Abschied vorbereitete, kam Frau Merle mit einem kleinen Karton auf Bernd und Margit zu:

„Ich hätte da noch etwas für Sie. Viel ist es nicht, was wir über ihn wissen und Ihnen mitgeben können. Seine Mutter war noch jung, sie ist bei seiner Geburt gestorben.
Es gibt keine näheren Verwandten, sie selbst war auch eine Waise. Über den Erzeuger ist nichts bekannt."
Sie öffnete den Karton: „Doch es gibt ein kleines Schmuckstück, das die Mutter bei der Geburt trug. Es ist in diesem Lederbeutel; und einen Briefumschlag… Vielleicht möchten Sie es ihm später mal geben, wenn er etwas größer geworden ist?"
Schweigend nahm Margit den Karton entgegen, während Bernd den kleinen Johannes auf seinem Arm hielt, der dort ganz ruhig und still zu beobachten schien, was rund um ihn geschah.

Glücklich verabschiedeten sich die drei - und auch für Jutta Merle war es ein besonderer Moment. Das hätte sie nicht gedacht - von all den vielen Kindern, die ihr anvertraut waren,

hatte es ausgerechnet der kleine Johannes geschafft, eine neues Zuhause und eine eigene Familie zu finden.
Lange sah sie der frisch gebackenen Familie hinterher und wünschte ihnen von Herzen, dass sie glücklich miteinander werden.
Solche Momente des Abschieds waren manchmal nicht leicht, auch für sie nicht.
Es bedeutete immer wieder, einen kleinen Menschen loslassen zu müssen, mit dem sie ein Stück des Weges gemeinsam gegangen war.
Doch für die Kinder war es schließlich das Beste. Sie hatten eine Zukunft, die weder sie noch irgendein Heim dieser Welt ihnen hätte bieten können.

***

An seine Kindheit in Schneckenstein, dem beschaulichen Ortsteil von Tannenbergsthal, hatte Hannes Herbacher nur die schönsten Erinnerungen. Als einziger Sohn seiner Eltern war er für sie ihr ein und alles; sein Vater fertigte in einer großen Klingenthaler Werkstatt Instrumente und seine Mutter arbeitete halbtags in der Krankenpflege. Der kleine Hannes hatte ein wunderbares, behütetes Zuhause und es fehlte ihm an nichts. Und doch überkamen ihn als Kind manchmal - vor allem kurz vor dem Einschlafen am Abend- unbestimmte Gefühle der Einsamkeit und des Verlassen-Seins, die er nicht wirklich verstehen konnte und die er, wann immer sie aufkamen, schnell wieder verdrängte. Schließlich hatte er doch alles was er brauchte und es mangelte ihm an nichts, auch nicht an der Liebe und Zuwendung seiner Eltern.
Diese Kindheit endete an seinem vierzehnten Geburtstag, an dem sich alles, woran er bisher geglaubt hatte, mit einem Schlag veränderte. Plötzlich begann er zu verstehen, was ihm in all den Jahren gefehlt hatte.

Schon bei seiner Adoption hatten Margit und Bernd beschlossen, ihm die Wahrheit über seine Herkunft zu sagen, wenn er vierzehn Jahre alt sein würde. Auch wenn sie als Eltern all die Jahre eine unbestimmte Angst davor gehabt hatten, es könnte sich dadurch etwas verändern in den Gefühlen ihres Sohnes zu ihnen, sobald er die Wahrheit erfahren würde - und doch schien es unumgänglich. Er sollte, er musste es erfahren!
„Lieber Hannes" begann sein Vater –
Margit sah sich außerstande, ein Wort zu sagen. „Du weißt, wie sehr wir Dich lieben und dass Du unser größtes Glück bist, das wir uns vorstellen können."
Irritiert schaute er seinen Vater an. So ernsthaft klang dessen Stimme selten - und das ausgerechnet an seinem Geburtstag.
„Wir möchten Dir etwas sagen, was Du wissen sollst. Wir sind Deine Eltern – und das werden wir immer sein. Und doch hattest Du bei Deiner Geburt einmal andere Eltern."
Hannes verstand kein Wort.

Hilfesuchend blickte Bernd Herbacher zu seiner Frau, auf der Suche nach dem richtigen Ausdruck in seinen Worten, den richtigen Gefühlen. „Wir haben Dich adoptiert, Hannes“ sagte Margit. „Da warst Du zwei Jahre alt.“

„Heißt das ...“ in seinem Bauch krampfte sich etwas zusammen „...heißt das, Ihr seid gar nicht meine richtigen Eltern?“
Diese Frage war für Margit zu viel, sie spürte einen dicken Kloß in ihrem Hals.
„Oh doch, mein lieber Hannes, das sind wir...“
„Was bedeutet das dann - andere Eltern?“ wollte er wissen.
„Es bedeutet, dass wir nicht diejenigen sind, die Dich gezeugt und geboren haben. Aber trotzdem bist Du unser Sohn und wir sind Deine Eltern.“
Über Gefühle zu sprechen, war weder Margit noch Bernd in die Wiege gelegt worden, schon ihre eigenen Eltern hatten es nicht vermocht. Doch nun war es raus und das war gut so, irgendwie auch befreiend.

„Wer sind denn meine anderen Eltern?“ wollte Hannes wissen. „Kennt Ihr sie?“
„Nein, wir kennen sie nicht. Über Deinen Erzeuger ist gar nichts bekannt. Und die Frau, die Dich geboren hat, lebt nicht mehr. Du warst in einem Kinderheim...“
Margit nahm den kleinen Karton in die Hand, der seit zwölf Jahren in ihrem Schrank versteckt gewesen war. Sie holte daraus einen kleinen braunen Lederbeutel hervor und legte ihn in Hannes‘ Hand. „Darin ist etwas von ihr, viel mehr gibt es nicht. Du kannst es behalten.“
Neugierig und bang zugleich öffnete Hannes den Beutel und spürte mit seiner Hand hinein. Es fühlte sich wie eine Kette an, mit einem Schmuckstück - und als er es heraus zog, wurde ihm plötzlich warm ums Herz.
Sein Blick fiel auf einen kleinen, wunderschön geschliffenen gelben Topas, der in die Mitte eines silbernen Sterns eingearbeitet war. Fragend sah er seine Eltern an.
„Dieser Anhänger hat einmal Deiner leiblichen Mutter gehört“, sagte Bernd.

„Im Kinderheim sagte man uns, sie hätte ihn bei Deiner Geburt getragen."
„Und was geschah dann mit ihr?" Hannes Herz klopfte plötzlich heftig bei dieser Frage.
Seine Eltern schwiegen zunächst, schließlich erwiderte Bernd „Als wir Dich in Berlin aus dem Heim holten, erzählte man uns, sie sei bei Deiner Geburt gestorben. Sie soll noch ganz jung gewesen sein."

„Und das hier?" Hannes deutete auf den verschlossenen Umschlag.
„Das ist wohl auch von ihr, doch wir haben es nie geöffnet ..."
Unvermittelt stand Hannes auf, nahm den Karton und legte Kette, Beutel und Umschlag wieder hinein. Er wollte allein sein mit seinen wirren Gefühlen. So hatte er sich seinen vierzehnten Geburtstag wirklich nicht vorgestellt. Nach Feiern war ihm jedenfalls nicht mehr zumute. Seine Gedanken drehten sich im Kreis. Sicher, sie meinten es gut mit ihm. Aber wieso hatten sie ihm das alles nicht längst schon früher gesagt?

Dann war er also gar nicht der, der er die ganze Zeit über zu sein glaubte?
Doch wer war er dann wirklich?
Wer waren seine eigentlichen Eltern?
Als er schließlich allein in seinem Zimmer war, nahm er den Umschlag heraus. Er war tatsächlich noch verschlossen. Vorsichtig öffnete er ihn, es war ein Brief. Das leicht vergilbte Papier hatte eine Festigkeit und Stärke, die er von einem herkömmlichen Briefpapier nicht kannte. Die Handschrift darauf war fein geschwungen, neigte sich leicht nach rechts und erschien ihm gleichmäßig und wunderschön...

Berlin, den 20. April 1955

Mein Liebster ...

Diese Zeilen waren nicht für ihn bestimmt - und doch war er der erste, der jene Worte las, die bereits seit über vierzehn Jahren dort geschrieben standen und die noch nie zuvor jemand in seinen Händen hielt. Zärtliche, hingebungsvolle Worte voller Poesie und Schönheit. Er würde sie in den kommenden Jahren so oft lesen wie keine anderen Zeilen.

Schließlich dämmerte ihm beim Lesen, dass es hier auch um ihn ging. Dass es seine richtige Mutter war, die dort versuchte, ihren tiefen Gefühlen einen Ausdruck zu verleihen – für denjenigen, der offenbar sein leiblicher Vater sein musste. Welche Wärme ihm doch aus ihren Worten entgegen kam an jener besonderen Stelle, als sie über ihn selbst sprach …

Und doch – mir ist noch etwas Wundervolles geblieben! Von dem Du gar nichts weißt und das ich so unendlich gern mit Dir teilen würde - der schönste Ausdruck unserer Verbindung und Liebe: unser gemeinsames Kind. So Gott will, wird es im August das Licht dieser Welt erblicken und ich hoffe inständig, dass Du rechtzeitig davon erfahren wirst, wie auch immer dies geschehen mag. Mein Gefühl sagt mir, dass es ein Junge ist und bestimmt wird er Deine blauen Augen haben und Dein Lachen.

Hannes war tief in seiner Seele berührt. Und dann noch dieses Gedicht am Ende ihrer Zeilen…

... Deinen Weg gehst Du nicht allein.
Schau nur hin und Du fühlst:
Immer werde ich bei Dir sein.
Was für ein wunderbarer Mensch musste diese Frau gewesen sein!
Einerseits war er verwirrt angesichts dieser überfallartigen Neuigkeiten, die auf ihn hereingestürzt waren, ihn mit voller Wucht trafen und sein ganzes Leben, Denken und Fühlen mit einem Schlag in Frage zu stellen schienen.
Andererseits aber war er auch dankbar.
Es war doch seine wahre Geschichte!
Jemand Wundervolles war in sein Leben gekommen. Bis vor wenigen Minuten wusste er nicht einmal, dass es sie gab.

Doch hatte er es nicht schon immer gespürt? Jenes Weh in seinem Herzen - vor allem an jenen Abenden als kleiner Junge im Alter von sieben, acht Jahren? Als ihm bang war und er sich verlassen glaubte, obwohl er doch gerade von den liebevollsten Eltern der Welt zu Bett gebracht worden war?

Monate vergingen und Jahre, in denen der jugendliche Hannes versuchte, mehr über die Umstände seiner Herkunft heraus zu finden. Doch kaum etwas war in Erfahrung zu bringen. Sein leiblicher Vater war in den Unterlagen der Behörden nicht einmal vermerkt. Was musste das für ein Mensch sein, der seine Geliebte schwängert und sie dann einfach alleine lässt – ohne ein Lebenszeichen und in der völligen Ungewissheit seiner Absichten.
Manchmal, wenn er länger darüber nachsann, stiegen in ihm Gefühle der Wut und des Hasses empor beim Gedanken an seinen Erzeuger. Bestimmt wäre alles anders gekommen, hätte er sie nicht sitzen lassen, ohne sich je wieder zu melden. Seine Mutter würde vielleicht noch leben. Er hätte sie kennen lernen können, ihre Hand halten, ihre Stimme hören. Oh - was würde er darum geben, hätte er dieser wunderbaren Frau einmal begegnen dürfen. Wenige Zeilen von ihr waren vollkommen ausreichend gewesen, in ihm die tiefsten Gefühle für sie zu entfachen und eine Sehnsucht, die er nicht kannte - und die er

doch unbewusst schon immer in seinem Herzen trug, seit er denken und fühlen konnte. Sollte aber sein Erzeuger noch leben und er ihm jemals begegnen – es würde für beide wohl keine angenehme Begegnung werden. So viel schien sicher ...

Die Ereignisse an seinem vierzehnten Geburtstag hatten Hannes verändert. Und manchmal, in seinen jugendlichen Jahren, keimte in ihm ein schlechtes Gewissen auf gegenüber seinen Eltern. Ja, das waren sie für ihn immer noch: Seine Eltern, die das Beste für ihn wollten und ihn liebten. Doch seine Gefühle hatten sich gewandelt. Von Zeit zu Zeit sah er, wie sehr sie darunter litten, vor allem Margit. Zwar sagten sie nichts, doch das unbeschwerte Miteinander und die Vertrautheit seiner Kinderjahre, die einst zwischen ihnen geherrscht hatte, war für immer verflogen.

Manchmal träumte er davon, wie es wohl sein würde, könnte er seiner wahren Mutter nur ein einziges Mal begegnen und ihr sagen, wie tief er sie in seinem Herzen schon das ganze Leben lang vermisste. Das waren jene Momente, in denen er den braunen Lederbeutel hervorholte, den Stern lange betrachtete und den gelben Topas in dessen Mitte bewunderte.

***

Hannes war sechzehn, als es um die Frage ging, für welchen Beruf er sich entscheiden sollte. Über Jahre hinweg hatte Bernd Herbacher gehofft, sein Sohn könnte in seine eigenen Fußstapfen treten und ein Instrumentenbauer werden. Dafür hatte er alles getan; schon mit fünf Jahren hatte er ihm die erste Kinder-Mundharmonika gefertigt. Sie umfasste nur eineinhalb Oktaven und hatte einen wunderbar weichen Klang. Doch die Liebe zur Musik beschränkte sich bei Hannes meist auf das Singen. Instrumente blieben für ihn schwer zu zähmende Fremdkörper.
Was ihn viel mehr interessierte, waren die Kumpels im örtlichen Bergwerk. Sie waren seine heimlichen Helden. Echte Kerle, von denen man sich wundersame Dinge erzählte. Sie genossen einen großen Respekt in der Bevölkerung und wann immer er einen von ihnen kennenlernte, fragte er nach einer Geschichte, die ihm dieser vielleicht erzählen könne.
Die Bergleute untereinander verband ein großer Zusammenhalt, so schien es.

Sie arbeiteten in kleinen Teams, jeder musste sich auf den anderen verlassen können unter Tage. Jedenfalls hörte er niemals einen von ihnen schlecht über den Anderen oder die gemeinsame Arbeit reden.
Oft ging er als Jugendlicher neugierig zum Bergwerk und beobachtete die Kumpels, wenn sie von der Schicht kamen. Einem von ihnen war er mit der Zeit aufgefallen und so rief er ihn eines Tages zu sich, als er nach Feierabend im Begriff war, das Bergwerk zu verlassen.
„Hey Junge, Dich sieht man aber immer öfter hier. Scheinst Dich zu interessieren für die Grube, oder?" Er kam auf Hannes zu und reichte ihm seine Hand. Sie war groß und kräftig, die Schwielen von der Arbeit unter Tage waren dick und hart. „Ich bin der Glas Georg; aber Du kannst Georg zu mir sagen. Was treibt Dich hierher, mein Junge?
Willst Du Bergmann werden?"
„Mein Vater will, dass ein Instrumentenbauer aus mir wird. Aber dazu fehlt mir das Talent und die Begeisterung. Ich würde lieber etwas Richtiges machen. Was ein Abenteuer ist.

Wo man sich beweisen muss."
„Dann bist Du im Bergwerk genau richtig. Kannst ja mal vorbei kommen nächste Woche. Dann gibt's einen Einführungsabend und ich erzähle etwas darüber, was es bedeutet, da unten zu arbeiten. Magst Du kommen – nächste Woche Mittwoch?"
Auf solch eine Gelegenheit hatte Hannes gewartet. Freudig sagte er zu und dachte gleichzeitig daran, wie enttäuscht sein Vater sein musste, wenn er erfahren würde, dass sein einziger Sohn es vorzog, mit Grubenlampe und Sprengstoff zu arbeiten anstelle von Saiten und Klängen.

Als Hannes an jenem Vortragsabend seiner neuen Bekanntschaft Georg zuhörte, tauchten in ihm abenteuerliche Bilder auf von der Arbeit unter Tage. Georg konnte begeisternd erzählen. Seine Augen leuchteten, wenn er vom Zusammenhalt unter den Kumpels sprach. Auch die Bezahlung war überdurchschnittlich gut und die Bergleute galten als die letzten Abenteurer der Gegenwart.

Jeden Tag aufs Neue zogen sie hinunter in die Grube, um sich den Naturgewalten des Berges zu stellen und ihm mit der Kraft der eigenen Hände und dem geeigneten Werkzeug seine wertvollen Schätze zu entlocken.
Den ganzen Abend lang hing er an Georgs Lippen und am Ende stand sein Entschluss fest: Nichts anderes als Bergmann wollte er werden! Selbst auf die Gefahr hin, dass dies seinen Eltern daheim nicht gefallen würde.

***

Jahre vergingen, aus Hannes war ein erwachsener Mann geworden. Noch zwei Tage waren es bis zum bevorstehenden Weihnachtsfest. Der erste Schnee hatte das Vogtland in eine prachtvolle Winterlandschaft verwandelt. Hier war seine Heimat und er fühlte sich wohl in seinem Zuhause, zusammen mit seiner eigenen, jungen Familie.
Wie sehr liebte er diese verwunschene Gegend. Wenn zur Vorweihnachtszeit der erste Schnee fiel, verwandelten sich die sanften Hügel und Wälder in eine winterliche Wunderwelt. Seit jeher liebten die Menschen hier diese Zeit, wenn der Winter seinen Zauber entfaltete. Dann wurde es stiller in der Welt als sonst und die bevorstehende Weihnachtszeit verströmte, lang vor dem eigentlichen Fest, ihre wundersame Wirkung. In den Fenstern der Häuser sah man Schwibbögen leuchten; in mancher Wohnstube drehte sich eine Pyramide im Schein des Kerzenlichtes – und auch das ein oder andere vogtländische „Raachermannl“ verbreitete seinen unverkennbaren, weihnachtlichen Duft.

Im Volksmund nannte man diese Gegend auch den „Musikwinkel". Hier waren nicht nur weltberühmte Werkstätten für Instrumente zu Hause, sondern seit jeher auch die Tradition der gemeinsamen Stubenmusik. Nicht selten hörte man in der weihnachtlichen Zeit aus den Häusern Musik erklingen. So mancher holte das Akkordeon oder seine Blockflöte hervor - als Einstimmung auf jene besonderen Stunden im Jahr, die ein jeder schon seit den Kindertagen im Herzen trug.
Wenn dann die Schneeflocken davon erzählten, dass Weihnachten nicht mehr weit ist, legte sich der ganze Zauber dieser Zeit über das Land...

***

Es war der 23. Dezember, als der junge Familienvater Hannes Herbacher zusammen mit seinen beiden Kindern Nina und Mario zu einer langen Schlittenwanderung aufbrach. „Papa, kannst Du nicht noch etwas schneller laufen?“ - die beiden Kleinen liebten es, wenn ihr Vater sie mit seinen kräftigen Armen auf zwei Schlitten hinter sich her zog. Auch für Hannes war es eine willkommene Abwechslung. Seit vielen Jahren schon arbeitete er als Bergmann im nahe gelegenen Bergwerk. Die Arbeit in der Grube war recht hart und anstrengend, es war dunkel und oft auch nicht ganz ungefährlich. Umso mehr genoss Hannes die Stunden mit der Familie und seinen Kindern. „Papa, kannst Du uns bitte bis zum Rodelhang ziehen?“ fragte Nina und auch Mario war sofort begeistert: „Ja Papa, bitte - auf zum Rodelhang!“.
Nur zu gern erfüllte er den beiden ihren Wunsch. Schließlich gab es nichts Schöneres, als eine gemeinsame Rodelpartie inmitten der treibenden Schneeflocken.

Die achtjährige Nina und ihr zwei Jahre jüngerer Bruder verstanden sich gut. Nur selten gab es Unstimmigkeiten zwischen den beiden Geschwistern. Einmal, als sie sich um eine Kleinigkeit stritten, war Hannes ganz kurz davor gewesen, ihnen das Geheimnis seiner Herkunft und seiner Kindheit preis zu geben.
Er hätte ihnen sagen wollen, wie kostbar ein eigenes Geschwister ist und wie dankbar sie dafür sein konnten.
Er selbst hatte es vermisst und hätte gerne die Erlebnisse und Gedanken seiner Kindheit mit einem Bruder oder einer Schwester geteilt.
Doch am Ende verzichtete er darauf, den Kindern seine „wahre" Geschichte zu erzählen.
Er wollte nicht, dass sich ihre Gefühle für Bernd und Margit änderten und sie diese womöglich nicht mehr als das sahen, was sie immer waren: liebevolle Großeltern, die ihren Enkeln jeden Wunsch von den Augen ablasen.

Als Hannes mit den Kindern schließlich heim kam, waren ihre Gesichter ganz rot von der kalten winterlichen Luft.

Bevor sie ins Haus gingen, klopften sie sich gegenseitig die Schneeflocken von ihren Mützen und stellten die Schlitten neben den Eingang.
„Hmmm, wie das hier duftet!“ rief der kleine Mario, als er die Haustür öffnete und ihm aus der Küche ein Geruch entgegenkam, der für ihn zu den allerschönsten Düften der ganzen Welt gehörte. Während sie beim Rodeln waren, hatte ihre Mutter Beatrice Plätzchen gebacken. Nina und Mario konnten es kaum erwarten, davon zu probieren.
„Aber die Plätzchen sind noch im Ofen. Wie wäre es, wenn wir zuerst den Weihnachtsbaum schmücken?“, schlug ihre Mutter vor.
Dieser Vorschlag kam Hannes nicht ganz ungelegen, er brauchte jetzt ein wenig Zeit für sich. Während die Kinder und Beatrice im Wohnzimmer mit dem Christbaum beschäftigt waren, ging er ins Arbeitszimmer und schloss die Tür. Dann holte er aus seiner Schreibtisch-Schublade das Kostbarste hervor, was er besaß.

Lang hielt er den Stern in seiner Hand und las noch einmal jene Zeilen dieser bezaubernden jungen Frau, die einmal seine Mutter gewesen war und deren Leben endete, bevor es eigentlich begonnen hatte.
Manchmal fühlte er eine unbestimmte Schuld in sich, für die er doch aber gar nichts konnte. Warum war sie ausgerechnet bei seiner Geburt gestorben? War er der Grund, warum sie nicht mehr lebte? Warum hatte das Schicksal ihnen nicht erlaubt, einander kennen zu lernen, zu lachen und zu lieben? *Sie hat ihn damals bei meiner Geburt getragen....* dachte er.
Wann immer er den Stern in seinen Händen hielt, fühlte er sich tief mit ihr verbunden - über alle Zeiten hinweg und jenseits aller Umstände. An diesem Weihnachtsfest würde er seinen größten Schatz die ganze Zeit über bei sich tragen. So konnte er ihr wenigstens auf diese Weise nahe sein.
Niemandem hatte er von seinem Geheimnis erzählt, außer seiner Ehefrau Beatrice. Auch nicht seinem besten Freund Georg, mit dem er im Bergwerk schon so viele Jahre unter Tage

arbeitete und so viele persönliche Momente geteilt hatte.
Während Hannes in seinen Gedanken ganz versunken war, hörte er von nebenan die lauten Rufe seiner Kinder.
„Papa, der Christbaum ist fertig.
Schau doch mal, wie schön er geworden ist!"
Schnell steckte Hannes seinen Stern zurück in den kleinen Lederbeutel und ging ins Wohnzimmer. „Das ist ja der schönste Weihnachtsbaum, den wir jemals hatten!" rief er begeistert und drückte seine beiden Kleinen.
„Das habt ihr aber wirklich toll gemacht!"
Beatrice hatte mit den Kindern den Weihnachtsbaum ganz in vogtländischer Tradition geschmückt: Innen am Ast kleine Äpfelchen, in der Mitte die Nüsse und außen die Zuckermannl.
Er umarmte seine Frau und gab ihr einen zärtlichen Kuss.
Beatrice war seine Jugendliebe, mit siebzehn hatten sie sich auf einem Konzert im nahen Oelsnitz kennen gelernt.

Ihre Verbindung war in den Jahren seit ihrer Hochzeit noch inniger und stärker geworden. Sie war nicht nur die Mutter seiner Kinder, sondern auch seine Vertraute, die beste Freundin und Liebe seines Lebens. Sie gab ihm jenen emotionalen Halt, den er gesucht hatte nach allem, was er über sein Leben und seine Vergangenheit wusste.

***

Georg Glas war selten in seinem Leben gereist – und wenn doch, war er meist froh, danach wieder zu Hause zu sein. Zu sehr liebte er seine vogtländische Heimat und seinen Beruf als Bergmann. Mit sechsundfünfzig war er einer der Ältesten in der Grube, auf ihn hörten die Anderen. Sein Wort galt viel, auch außerhalb des Bergwerks. Georgs ruhige, besonnene Art machte ihn beliebt, zudem war er ein guter Zuhörer und Ratgeber. So mancher seiner Kumpels fragte ihn im Laufe der Jahre, warum er eigentlich keine eigene Familie hatte. Dann pflegte er meist mit einem Augenzwinkern zu antworten: „Na ihr wisst doch - meine eigentliche Familie seid ja ihr! Was anderes hat sich halt nicht ergeben und man sollte sein Glück auch nicht erzwingen. Wenn ich die vielen unglücklichen Ehen so sehe und die ganzen Scheidungen, dann bin ich richtig froh, heil davon gekommen zu sein."

Immer wenn die Weihnachtszeit nahte, dachte Georg an seine Eltern zurück, die seit vielen Jahren schon nicht mehr lebten. Vor allem

musste er an die letzte Begegnung mit seinem Vater denken - gerade mal neun Jahre alt war er damals. Für wenige Tage war sein Vater als Soldat von der Front im zweiten Weltkrieg nach Hause gekommen - zu seiner Familie, um mit Ihnen Weihnachten zu feiern. Keiner von ihnen konnte damals wissen, dass es das letzte Wiedersehen sein würde. Bei jener Begegnung am Heiligabend 1943 schenkte ihm sein Vater einen selbst gemachten, hölzernen Bergmann, wie es hier in der Gegend Tradition war. Diese Figur bedeutete ihm alles, sie war für Georg von diesem Moment an sein wertvollster Besitz und wurde gehütet wie ein Augapfel.
Auch sein Vater selbst war ein Bergmann gewesen und es war ihm, als wäre dieses letzte Geschenk für ihn wie ein Auftrag und gleichzeitig ein Vermächtnis, welches er ihm hinterlassen hatte. Was er damals zu ihm sagte, war für immer in seinem Gedächtnis. Jene letzten Worte, die sein Vater ihm mit auf den Weg gab, bevor er aus Klingenthal wieder zurück zu seiner Truppe musste.
Zum Abschied sagte er:

„Mein Junge – Weihnachten, das ist nicht nur der Christbaum, die Plätzchen, der Kirchgang und die Geschenke. Weihnachten ist etwas viel Wichtigeres. Es ist das, was in unserem Herzen geschieht, wenn wir den Glauben an das Gute in uns bewahren. Wenn wir nicht nur das Licht einer Kerze anzünden, sondern auch das Licht in uns. Darum denk immer daran, Georg: Weihnachten findet zuerst in uns selbst statt – oder gar nicht. Es ist ein tiefes Wissen, wie ein Band, das uns verbindet - auch wenn wir uns nun wieder voneinander verabschieden müssen."
Aufmerksam hatte er seinem Vater zugehört. Es waren die letzten Momente, die Georg von ihm in Erinnerung hatte. Wenige Wochen später wurde er als Soldat an der Ostfront eines vollkommen sinnlosen Krieges erschossen.
Immer zu Weihnachten musste er an diesen Augenblick denken. Fortan war der kleine hölzerne Bergmann für ihn wie ein Talisman, der ihn durch sein gesamtes weiteres Leben

begleitete. Auch dann noch, als er schon längst erwachsen war.
Da Georg keine eigene Familie hatte und auch seine Mutter nicht mehr lebte, verbrachte er des Öfteren Zeit bei seiner jüngeren Schwester Lieselotte, die sich rührend um ihn kümmerte. Auch die Weihnachtsfeste feierten sie miteinander im Kreise ihrer Familie und gern trug er mit seiner Musikalität zu deren Gelingen bei. Von seinem Vater hatte er das Akkordeonspiel erlernt – und selbst, wenn er das Instrument übers Jahr gesehen selten hervor holte : Es gab kein Weihnachtsfest ohne Georgs Hausmusik.

Wann immer sie gemeinsam den Heiligabend zelebrierten, durfte im Wohnzimmerfenster auch der alte Schwibbogen ihrer Eltern nicht fehlen, den sie bereits aus der Kinderzeit kannten. Dann holte Lieselotte oft ihren kleinen hölzernen Engel hervor, den sie als Kind von ihrem Vater geschenkt bekommen hatte - und Georg stellt seinen kleinen hölzernen Bergmann daneben.

Und für wenige Augenblicke war es wieder so, wie damals zu ihren Kindertagen. Erinnerungen kamen hoch an die gemeinsamen Stunden, als Vater bei ihnen zu Hause in Klingenthal war und noch kein Soldat - und sie eine richtige kleine Familie waren. Zwar besaßen sie damals nicht viel, dennoch fühlten sie sich reich beschenkt durch ihr fröhliches Miteinander, vor allem durch die gemeinsame Musik im Kreise der Familie. Der Vater konnte virtuos auf seinem Akkordeon musizieren und Lieselotte und Georg hatten schon als Kinder gelernt, auf der Blockflöte die Melodien der meisten Weihnachtslieder auswendig und fast fehlerfrei zu spielen.

Wenn er an diese Zeit zurückdachte, kamen auch jene Stunden wieder zum Vorschein, die er mit Lieselotte und dem geliebten Vater an den ruhigen Tagen zwischen Weihnachten und Silvester verbracht hatte. Da hatten sie Zeit miteinander, bauten zusammen einen Schneemann oder gingen hinaus zum Schlittenfahren - und kamen meist erst nach Hause, nachdem es draußen fast schon dunkel

war. Dann saßen sie oft zusammen am Küchentisch mit der Mutter, sie spielten noch oder erzählten sich Geschichten. Vater heizte in der Wohnstube den Kohle-Ofen ein und schnell wurde es mollig warm, während draußen vor dem Fenster die Schneeflocken fielen. Kindheitserinnerungen...
Das Land war in diesen Zeiten ein wunderbar winterlicher Platz – verzaubert von der weißen Pracht, die sich wie auf Bestellung alljährlich über die Wälder und Hügel legte und die Natur in sich einhüllte wie in einen weißen Mantel.

***

Die Straßen und Häuser von Klingenthal waren in der Vorweihnachtszeit festlich erleuchtet und mit liebevoller Dekoration geschmückt. Allmählich ging die Geschäftigkeit des Jahres ihrem Ende entgegen. Die Bewohner des beschaulichen Ortes bereiteten sich auf das unmittelbar bevorstehende Fest vor. So auch an jenem 23. Dezember 1990.
Der historische Weihnachtsmarkt war an diesem Tag gut besucht. Viele von denen, die sich bislang keine Zeit genommen hatten, waren am Vortag des Heiligabends gekommen, um miteinander noch einen Punsch zu trinken oder ein handgearbeitetes Geschenk für ihre Liebsten zu kaufen. Sogar die örtliche Bergmanns-Kapelle hatte sich zu einem Bläserkonzert angekündigt und so waren unter den Weihnachtsmarkt-Besuchern auch manche der Kumpels aus dem nahen Bergwerk als Zuhörer zu finden, samt ihren Familien.
Man unterhielt sich über die bewegenden Ereignisse der letzten Monate und die rasanten Veränderungen.

Die wenigsten von ihnen hatten es für möglich gehalten, jemals ein Weihnachtsfest im vereinten Deutschland feiern zu können.
Es war das erste Jahr nach dem Mauerfall - das Jahr der Wiedervereinigung, welches so viel Neues und gleichzeitig Unbekanntes mit sich gebracht hatte.
Dazu gehörte auch das Gerücht, dass der Betrieb in den Bergwerken der Umgebung, welche seit so langer Zeit die Tradition der Gegend geprägt hatten, vielleicht bald eingestellt werden könnte. Der Abbau und die Technik seien nicht mehr zeitgemäß und kaum noch profitabel, so hieß es. Manch eine Familie machte sich Sorgen und vielen Bewohnern des Ortes erschien ihre Zukunft ungewisser denn je.
Und dennoch - an Weihnachten vergaß man für wenige Stunden sogar die Gedanken an eine derart ungewisse Zukunft. Die Verbundenheit der Menschen untereinander war auch nach der sogenannten „Wende“ ungebrochen.

Für die meisten hier war die Weihnachtszeit seit jeher „die schönste Zeit im Jahr“, in der man zusammen rückte und jenseits des Alltags ein paar unbeschwerte Stunden genießen konnte.

***

Es wurde schon langsam dunkel, als sich Hannes am späten Nachmittag von seinem Haus auf den Weg machte zum Klingenthaler Weihnachtsmarkt. Beatrice und die Kinder wollten später nachkommen, wenn sie mit den letzten Einkäufen fertig waren.
Er war mit Georg verabredet, seinem zwanzig Jahre älteren Kollegen. Seit seinem ersten Tag im Bergwerk vor über siebzehn Jahren arbeiteten sie gemeinsam als ein Team unter Tage. Aus ihnen waren längst die besten Freunde geworden, sie kannten einander in- und auswendig. Einmal waren sie sogar gemeinsam in den Urlaub gefahren, da waren sie an den Plattensee nach Ungarn gereist.
Oft sagte Beatrice: „Wenn Georg nicht so ein netter Kerl wäre, müsste ich eigentlich eifersüchtig auf ihn sein. Ihr seid zusammen wie ein altes Ehepaar. Eigentlich bist Du mit ihm verheiratet und nicht mit mir!“
In der Tat war es wohl so, dass die beiden Bergleute übers Jahr gesehen mehr Zeit miteinander verbrachten als mit ihrer eigenen Familie.

„Glückauf Hannes“, begrüßte Georg ihn. Auf dem Tisch warteten bereits zwei dampfende Becher mit Glühwein.
„Danke“ erwiderte dieser und bemerkte sogleich den nachdenklichen Blick seines älteren Freundes. „Wie geht es Dir, so kurz vor unserer letzten gemeinsamen Schicht?“
„Ach, gar nicht gut“, erwiderte Georg. „Weißt Du, die Arbeit unter Tage war doch mein Leben. Unsere ganzen gemeinsamen Jahre. Das Rentner-Leben ist nichts für mich; ich bin doch noch fit wie ein Turnschuh. Wenn ich bedenke, was wir alles zusammen erlebt haben, Hannes – und das soll jetzt alles vorbei sein? Da wird mir ganz anders zumute - ich und Rentner, das passt nicht zusammen. Wenn ich wenigstens ein paar Enkel hätte, um die ich mich kümmern könnte. Aber so ...“
„Für mich ist es auch nicht leicht“, sagte Hannes. „So lange waren wir ein Team. Keinen einzigen Tag habe ich dort unten verbracht ohne Dich. Du warst der eigentliche Grund, warum ich Bergmann geworden bin.

Weißt Du noch - damals nach Deinem Vortrag, da fiel für mich die Entscheidung! Ich kann mir gar nicht vorstellen, wie es dort unten ohne Dich sein soll. Ich will es mir auch gar nicht vorstellen!“
Die beiden tranken einen Schluck Glühwein. Dann begann auf dem Podium gegenüber die Bergmanns-Kapelle zu spielen, aus ihrer Brigade waren auch einige dabei. Schon seit dem Sommer hatten viele von ihnen nach Feierabend zu Hause Weihnachtslieder geübt, zum Leidwesen so mancher Nachbarn... Doch allein für diesen abendlichen Auftritt hatten sich die Mühen gelohnt: Sie spielten das bekannte „Heilig Ohmd Lied“, den „Zuckermännl-Song“ , auch das traditionelle „Glückauf!“ durfte nicht fehlen.
Viele Leute blieben stehen und hörten andächtig zu, einige bewegten ihre Lippen zum Text der Musik. Und spätestens bei „Oh Du fröhliche“ sang so mancher Weihnachtsmarktbesucher leise die eine oder andere Strophe mit.

Die Musik der Bergleute hatte in kürzester Zeit die Stimmung verändert. Aus dem geselligen Treiben wurden andächtige Momente.
Weit über den Weihnachtsmarkt hinaus schallten die Trompeten und Posaunen. Sie verwandelten den Ort für Augenblicke in ein „klingendes Klingenthal", in dem nicht nur der Glühwein dafür sorgte, dass es in den Herzen warm wurde.
Als die Blasmusik zu Ende war und die Leute applaudiert hatten, rief einer der Musiker vom Podium herüber: „Glückauf, Georg!" Seine Kollegen wussten, dass es für ihn morgen die letzte Schicht sein würde. Einer kam vorbei und brachte ihm einen Kräuterlikör: „Auf Dich, Georg, und auf Deine letzten vierzig Jahre. Wir werden Dich vermissen. Glückauf!"
Mitten in die gesellige Runde hinein sagte Hannes: „Habt ihr schon das Neueste aus dem Bergwerk gehört? Gestern haben sie bei einer technischen Routine-Überprüfung festgestellt, dass einige Keilscheiben oberhalb der Stempel nicht richtig fest sein sollen.

Das könnte ganz schön gefährlich werden, falls in der Nähe gesprengt wird."
Doch Georg hatte seinen Humor wieder gefunden: „Vielleicht ist es ganz gut, dass ich aufhöre, bevor noch der ganze Stollen zusammen bricht", antwortete er lachend. „Aber Scherz beiseite, schon seit Jahren ist doch nichts mehr passiert da unten. Glückauf!"
„Glückauf!" erwiderten Hannes und die anderen, stießen noch einmal mit dem alten Bergmanns-Gruß an und tranken langsam aus.

Mitten hinein in diesen nachdenklichen Moment platzten die aufgeregten Rufe von Mario und Nina, die mit ihren Einkaufstüten freudig auf Hannes zustürmten. „Papa, Papa, komm mit. Da vorne ist der Weihnachtsmann. Er verteilt Geschenke an alle Kinder!". Noch bevor Hannes etwas erwidern konnte, zogen die beiden ihn und Georg mit sich - in jene Richtung, wo sie den Weihnachtsmann zuletzt gesehen hatten.

***

Noch lange blickten die beiden Geschwister dem Weihnachtsmann in seinem roten Gewand hinterher. Er hatte so freundlich mit ihnen gesprochen mit seiner tiefen und warmen Stimme. Ein wenig schade fanden sie allerdings, dass er sich auch noch um all die anderen Kinder kümmern musste, die um ihn herum warteten.
Die ersten Marktstände schlossen bereits und es wurde kühler. Schließlich schlug Georg den Anderen vor, noch auf einen heißen Holundersaft mit zu ihm nach Hause zu kommen und versprach Nina und Mario, ihnen eine Geschichte zu erzählen. Nur zu gerne willigten die Kinder samt Eltern ein. Allmählich erloschen die Lichter des Weihnachtsmarktes, als sich die fünf gemeinsam durch den Schnee auf den Weg zu Georgs Wohnung machten.

Nachdem alle einen Platz in seinem kleinen Wohnzimmer gefunden hatten, holte Georg ein paar Kerzen hervor und zündete sie an. Einen Weihnachtsbaum besaß er schon lang

nicht mehr, denn er meinte, für ihn alleine würde sich das nicht lohnen.
Ungeduldig fragten Nina und Mario nach der versprochenen Geschichte. Da nahm Georg eine kleine hölzerne Figur aus dem Schrank und stellte sie auf den Tisch.
„Wisst ihr", begann er, „als ich ungefähr so alt war wie ihr, bekam ich diesen kleinen Bergmann aus Holz von meinem Vater zu Weihnachten. Er hatte ihn selbst für mich geschnitzt, für andere Geschenke hatten wir damals kein Geld. Aber dafür hatten wir etwas, das viel wertvoller war, als alle Geschenke dieser Welt zusammen."
Die Kinder waren neugierig. Was konnte das wohl sein, wovon Georg sprach?
Als ob er ihre Gedanken erraten hätte, blickte er sie an und antwortete:
„Zeit! Unser größtes Geschenk damals war die Zeit, die wir füreinander hatten. Nicht mal einen Fernseher gab es, dafür haben wir miteinander gesungen, Geschichten erzählt und uns gemeinsam am Kaminfeuer gewärmt."

Während Georg ins Erzählen kam, stellte er das alte „Raachermannl“ aus seinen Kindertagen auf den Tisch und zündete es an, es duftete nach einer Mischung aus Zimt und Weihrauch. Dann holte er aus einer Ecke den verstaubten Kasten mit dem Akkordeon hervor, auf dem schon sein Vater gespielt hatte, und sang seinen Gästen ein Lied aus früherer Zeit...

Der alkoholfreie Holunder-Punsch nach einem Geheimrezept von Lieselotte schmeckte köstlich und die Kerzen auf dem Tisch flackerten, während Georg den Kindern die Geschichte vom Schwibbogen erzählte und wie er entstanden war.
„Wisst Ihr, vor hunderten von Jahren gab es auch schon Bergleute unter Tage, so wie Euren Papa und mich. Doch damals hatten sie noch keinen Strom und deshalb auch kein elektrisches Licht. Das Geleucht der Bergleute war eine Grubenlampe, die mit Öl gefüllt war, sie brannte mit offener Flamme.

Nach der letzten Schicht des Jahres am Heiligabend gab es einen ganz bestimmten Brauch: Sobald ein Bergmann aus dem Stollen kam, hängte er seine brennende Lampe an den bogenförmigen Ausgang. So hingen am Ende dort ganz viele Lampen, auch die von den anderen Kumpels, um den halbrunden Eingang am Stollen. Und das sah genauso aus wie unser Schwibbogen, nur noch viel größer. Erst nannte man ihn den *Schwebebogen*, weil es immer so aussah, als könne dieser Bogen zwischen zwei Mauern frei schweben. Und irgendwann kam dann ein Bergschmied auf die Idee, einen kleinen Schwibbogen zu bauen, den man ins Fenster stellen und auf den man Kerzen stecken konnte. Doch das ist schon über 250 Jahre her."

Die Kinder hingen an Georgs Lippen, während er erzählte. Als seine Geschichten von früher zu Ende waren, sagte Nina in die Stille hinein: „So einen Opa wie Dich hätte ich gerne. Können wir Dich nicht zusätzlich haben, als unseren Extra-Opa?"

Da mussten die Erwachsenen lachen, bis der kleine Mario in seiner kindlichen, unschuldigen Art Georg ansah und ihn neugierig fragte:
„Sag, warst Du eigentlich schon mal verliebt?“
Da plötzlich erlosch jede Freude in Georgs Augen. „Ja“ sagte er nach einer Weile traurig, „Ja, das war ich schon einmal. Doch das ist viel zu lange her - und es ist eine Geschichte ohne glückliches Ende.“
Da wussten seine Gäste, es war wohl besser, nicht weiter nachzufragen. Spät war es geworden und so bedankten sie sich bei Georg, machten sich auf den Heimweg und freuten sich auf den nächsten Tag – den Heiligen Abend.

***

Am nächsten Morgen standen Hannes Herbacher und Georg Glas bereits früh auf. Es war der 24. Dezember, doch im Bergwerk gab es auch am Heiligabend noch eine halbe Schicht. „Mettenschicht" - so nannten die Bergleute nach altem Brauch ihren letzten Arbeitstag vor Weihnachten, in deren Anschluss man noch gesellig beisammen saß, um das vergangene Arbeitsjahr feierlich zu beenden.
Früh um sechs traf sich die Brigade aus gut fünfzig Kumpels in der Steiger-Stube. Sie zogen sich um und präparierten die Lampen, den Sprengstoff und das Arbeitsgerät. Nachdem der Obersteiger alle Teams der Brigade zur Schicht eingeteilt hatte, wandte sich Georg an seine Kollegen. Schließlich sollte dies sein letzter Arbeitstag im Bergwerk sein.
„Es waren fast vierzig unvergessene Jahre" begann er feierlich „Bergmann zu sein ist mehr als ein Beruf. Es ist eine Berufung, der man nur mit der richtigen Leidenschaft so viele Jahre erfolgreich dienen kann. Ihr wisst ja, es gab auch manch schwierige Momente unter Tage,

die zum Teil sogar gefährlich waren. Doch auch solche Krisen haben wir gemeinsam bewältigt. Euch allen danke ich für unseren wunderbaren Zusammenhalt unter Kollegen. So etwas gibt es wohl nur noch unter Tage."

Dann wandte er sich an seinen Freund und treuen Weggefährten aus vielen Jahren:

„Vor allem Dir, lieber Hannes, möchte ich danken für all die Jahre, in denen wir beide ein Team waren. Unser Vertrauen zueinander und unsere Freundschaft haben uns zusammen geschweißt. Das wird bleiben, auch über die gemeinsame Arbeit hinaus."

Am Ende von Georgs kurzer Ansprache applaudierte ihm die ganze Brigade und stimmte zu seinen Ehren ihr traditionelles Bergmanns-Lied an.

Als der letzte Ton ihres Gesangs verklungen war, machten sie sich auf den Weg. Manche der Kumpels hatten heute ein etwas mulmiges Gefühl. Die Gerüchte von einer möglichen Still-Legung der Grube hatten schon die Runde gemacht. Auch die Nachricht vom Vortag über angebliche Sicherheitsmängel hatten sich in Windeseile hinter vorgehaltener Hand unter den Bergleuten verbreitet. War der Stollen wirklich so sicher, wie sie alle geglaubt hatten?

***

Zusammen mit der ganzen Brigade fuhren Georg und Hannes an jenem Morgen in die Grube ein, wo seit vielen Jahrzehnten Schwerspat abgebaut wurde. Die Beiden waren seit über siebzehn Jahren ein Team. Dabei war Georg als „Hauer 1“ in der Bergmanns-Sprache der sogenannte „Ortsälteste“ von beiden. Als solcher hatte er das letzte Wort und durfte unter Tage auch Sprengungen durchführen. Hannes war der ihm beigefügte „Hauer 2“ und arbeitete ihm zu. So war es schon, seitdem er seine Lehre beendet und der erfahrene Georg ihn unter seine Fittiche genommen hatte. Hannes konnte sich überhaupt nicht vorstellen, wie es sein würde, mit einem anderen Kumpel an seiner Seite fortan im Berg arbeiten zu müssen. Da half nicht einmal sein beruflicher Aufstieg weiter und die Aussicht, dass er künftig selbst als „Ortsältester“ ein neues Zweier-Team anführen sollte.
Auf eines aber freute er sich sehr: auf den geselligen Teil der „Mettenschicht“ im Anschluss an die Arbeit. Das waren oft unvergessliche Momente mit den Kollegen.

Meist reichten ein paar heiße Würstchen, ein gutes Bier und eine Flasche vom unverzichtbaren Kräuter-Likör. Wichtiger als Essen und Trinken aber war die Gemeinschaft. Jener Zusammenhalt, der alle Bergleute miteinander verband und diesen Beruf für sie so einzigartig und besonders machte.
„Georg, das sind jetzt unsere letzten gemeinsamen Stunden unter Tage.
Wir beide sollten das noch einmal genießen“ sagte Hannes auf dem Weg in den Stollen.

Während sich ihre Familien daheim auf das Weihnachtsfest einstimmten, hatte für die Kumpels die Metten-Schicht begonnen. Georg und Hannes arbeiteten als Team ganz am Ende des Stollens, etwas entfernt von den Anderen. Eine gute halbe Stunde war inzwischen vergangen. Kurz nach Schichtbeginn war eine Komplikation aufgetreten: Der Obersteiger hatte von der vorangegangenen Schicht erfahren, dass bei einer versuchten Sprengung einer der Zünder defekt geblieben war.

So musste in einem kurzen Seitenarm des Stollens eine Nachsprengung durchgeführt werden. So etwas war Routine und passiert war schon seit Ewigkeiten nichts mehr. Der Kollege, der die Nachsprengung durchführen sollte, war ein erfahrener „Ortsältester“ und keiner der anderen machte sich deswegen große Gedanken. Es sollte nur wenige Augenblicke dauern. Doch diesmal waren es Sekunden, die das Leben der beiden Bergleute für immer veränderten...

Zuerst hörten sie das Rufen und Schreien der Anderen. Es passierte an jenem Türstock, der sich direkt vor dem Stollenende befand, wo Hannes und Georg an diesem Tag arbeiteten. Diejenigen unter den Kumpels, die dichter am Geschehen waren, hatten sofort gemerkt, dass etwas nicht stimmte und konnten den Riss in der Stollendecke sehen. Viele riefen durcheinander, es war ein unüberschaubarer Tumult.

Durch die Vibrationen der Nachsprengung hatte sich eine der Keilscheiben gelöst, die millimetergenau zwischen Stollendecke und dem tragenden Stempel oberhalb der sogenannten „Kappe“ dafür sorgten, dass sich keine tonnenschweren Gesteinsbrocken aus der Stollendecke lösen konnten.
Noch bevor die beiden Freunde realisieren konnten, wie gefährlich die Situation für sie war, löste sich oberhalb der Kappe ein gewaltiges Stück aus der Decke und krachte unter lautem Getöse nach unten. Es kam einem Wunder gleich, dass keiner der Arbeitenden erschlagen wurde, denn alles dauerte nur Bruchteile von Sekunden.
„Raus! Raus!“ Georg und Hannes hörten noch das aufgeregte Schreien ihrer Kollegen und gleich darauf den ohrenbetäubenden Lärm. Im selben Moment waren sie eingehüllt von einem dunklen Nebel aus dichtem Staub. Und dann - war es plötzlich ganz still.

Noch bevor sie die Möglichkeit gehabt hätten, das Ende des Stollens in Richtung Gruben-

Ausgang zu verlassen, war es zu spät. Der Weg war versperrt, doch nicht nur das. Nach dem ersten Gesteinsabgang folgte kurz darauf ein zweiter. In Folge einer Kettenreaktion hatten sich weitere Gesteinsmassen aus der Decke gelöst. Im gleichen Moment fiel auch der Strom aus und die sparsame Beleuchtung des Stollens unter Tage war vollkommen erloschen.

„Georg, bist Du noch da? Was ist hier los?“ Hannes konnte vor lauter Staub die Hand vor Augen nicht mehr sehen. Er wusste nur, dass etwas Furchtbares passiert sein musste.
Georg war wie erstarrt. Ihre beiden Grubenlampen tauchten das gespenstische Szenario, was sich gerade vor ihren Augen ereignet hatte, in ein unwirkliches Licht.
Sie hatten von solchen äußerst seltenen Unglücken aus anderen Bergwerken gehört, doch diese lagen schon lang zurück. Und obwohl sie sich der Gefahren der Arbeit unter Tage grundsätzlich bewusst waren, schien es doch ausgeschlossen, dass so etwas ihnen selbst einmal passieren könnte.

Georg und Hannes riefen verzweifelt nach ihren Kollegen, doch sie hörten nichts - außer ihren eigenen Schreien. Wo waren die Anderen? Würde es für sie überhaupt möglich sein, zu ihnen vorzudringen?

„Oh mein Gott. Mein Gott." war das Einzige, was Georg hervor brachte, nachdem sich die Staubwolke des zweiten Gesteins-Abgangs gelegt hatte und sie Gewissheit hatten, dass ihnen nicht nur der Rückweg versperrt war, sondern der Stollen auch vollkommen dicht zu sein schien.
„Was machen wir jetzt?" fragte Hannes mit vor Angst bebender Stimme. In der Hoffnung, dass der erfahrene Georg eine Lösung, einen Plan oder wenigstens irgendeine Idee haben könnte.
Georg hatte zwar noch einiges an Sprengmunition in seinem Rucksack, auch waren getrennt davon genügend Zünder in seiner Tasche. Doch es war nicht daran zu denken, den verschütteten Weg frei zu sprengen. Viel zu hoch war das Risiko,

dass sich weitere Gesteinsmassen lösen konnten. Die Beiden vermochten nicht einzuschätzen, wie instabil die Situation durch das gerade Geschehene in ihrem Stollen geworden war.
„Ich weiß es auch nicht" war Georgs niederschmetternde Antwort. Irgendwann hatte er sich gefasst und konnte klarer denken: „Sie werden alles versuchen, uns hier raus zu bekommen. Aber wir wissen nicht, wie lange es dauert und wie viel Sauerstoff uns noch bleibt, bis sie uns finden. Wir müssen versuchen, so wenig wie möglich zu atmen. Ganz ruhig atmen. Nur so haben wir eine Chance!
Was meinte Georg damit? *Eine Chance zu haben*- worauf? Darauf .... zu überleben ...? Hannes' Atem ging schnell und flach. Sein Hirn raste und suchte nach Lösungen, doch keine schien weiter zu führen. Seine Gedanken überschlugen sich. Sie durften jetzt nicht verzweifeln!
Die beiden Freunde kauerten am Ende des Stollens auf der Erde. Sie saßen direkt nebeneinander. Jeder von ihnen konnte

die schweren Atemzüge des Anderen hören und lauschte vergeblich auf irgendein Geräusch. Es war Heiligabend – und ihr Schicksal war vollkommen ungewiss!

Still war es im Stollen.
Kein Laut war mehr zu hören, auch kein Rufen ihrer Kollegen, die auf der anderen Seite der herabstürzenden Massen panisch in Richtung Grubenausgang geeilt waren. Geradezu gespenstisch war jene Stille, die sich um die beiden Freunde herum nun ausbreitete.
Ihnen saß der Schock tief in den Gliedern, nur mühsam konnten sie einen klaren Gedanken fassen. Auf so etwas waren sie nicht vorbereitet. Trotz ihrer vielen Berufsjahre hatte keiner von ihnen Erfahrung, wie mit einer solchen Situation umzugehen sei und was nun zu tun wäre. Sie waren jetzt ganz auf sich allein gestellt.
In Gedanken gingen sie zusammen alle Möglichkeiten durch, was nun zu tun wäre. Doch keine davon erschien realistisch. Hannes schlug vor, eine ihrer beiden Grubenlampen zu

löschen, deren Batterie für einen permanenten Gebrauch von höchstens zehn Stunden geeignet war. Georg war einverstanden.
So hofften sie, Energie zu sparen, damit ihnen das verbliebene Licht so lange wie möglich zur Verfügung stünde, falls sie es brauchten.

Was würden ihre Liebsten aushalten müssen, wenn sie erfahren, was passiert war? Bilder seiner Frau und der beiden Kleinen schossen durch Hannes' Gedanken. Vermutlich packten sie daheim gerade Geschenke ein und freuten sich auf den Heiligabend. Würde er sie jemals wiedersehen? Würde er ihnen noch einmal sagen können, dass sie das Wichtigste auf der Welt waren für ihn?
Ihm war klar: Je mehr Zeit verging, in der nichts geschah, umso geringer waren ihre Chancen.

Hannes musste an seinen allerersten Tag als Lehrling denken. Als er das erste Mal in die Grube einfuhr, voller gemischter Gefühle und auch mit ein wenig Angst.

„Damals“, sagte er zu Georg, „hast Du mich mit Deiner väterlichen Art an die Hand genommen, mir Sicherheit gegeben. Das war für mich ein wichtiger Moment, der mein ganzes Leben geprägt hat.“
Georg antwortete nicht.
„Danke, Georg“ sagte Hannes, bevor der Kloß in seinem Hals zu groß wurde und seine Stimme abbrach. Tränen stiegen nun in ihm auf. Wie sehr war ihm dieser Freund ans Herz gewachsen - und nun saßen sie beide hier von aller Welt verlassen und eingeschlossen in der Dunkelheit des Berges und in völliger Ungewissheit.

***

Mitten in die angstvolle Stille hinein ergriff Georg das Wort:
„Mein Freund, ich weiß nicht, ob wir beide hier jemals lebend wieder raus kommen. Deshalb möchte ich Dir etwas sagen, was ich noch nie jemandem erzählt habe.“ Nach einer Weile sprach er weiter: „Ich habe einen großen Fehler gemacht, Hannes.“
Zunächst wartete er darauf, ob von Georg noch etwas käme. Dann hörte Hannes ein leises Schluchzen. Noch nie hatte er seinen Freund weinen sehen. Auch jetzt sah er ihn nicht, aber es war unüberhörbar. Nach einer längeren Pause sprach Georg weiter.
„Vor vielen Jahren, noch bevor ich zum Militär musste, traf ich die Liebe meines Lebens, ein junges Mädchen. Wir lernten uns zufällig kennen. Sie war so wundervoll. Ganz zart und sensibel. Wir liebten uns und für sie war ich der Mann ihres Lebens. Doch für mich kam es damals zu früh.“
Für einen Moment vergaß Hannes die prekäre Situation, in der sie sich befanden. „Wie habt Ihr euch kennen gelernt?“ fragte er.

„Ich war damals zwanzig und besuchte meine Tante in Berlin. Sie war gebrechlich und brauchte meine Hilfe – und so verbrachte ich einige Tage dort.
Es war im Blumenladen; ich wollte ein paar Rosen für meine Tante kaufen, da stand plötzlich dieses wunderbare Mädchen vor mir und schaute mich lachend an, mit ganz offenem Blick. Dann fragte sie mich etwas keck: *Sind Sie etwa ein Rosenkavalier?*
Erst brachte ich kein Wort heraus und bezahlte. Doch bevor ich ging, kehrte ich noch einmal um, nahm eine Rose aus dem Strauß und schenkte sie ihr. Ganz spontan und ohne nachzudenken. Da wurde sie leicht rot und lächelte verlegen - und genau in diesem Moment habe ich mich unsterblich in sie verliebt. Es war die berühmte Liebe auf den ersten Blick."
„Was geschah dann?"
Hannes war neugierig geworden.
„Am nächsten Tag ging ich wieder in den Blumenladen. Sie ging mir nicht mehr aus dem Kopf. Ich fragte nach ihrer Adresse, doch die

Verkäuferin konnte mir nur sagen, dass sie in einem Kinderhort zwei Blocks weiter arbeitete. Also kaufte ich erneut eine Rose, ging zum Hort und wartete draußen auf sie. Nach einer Ewigkeit sah ich, wie sie heraus kam. Ich nahm meinen Mut zusammen und überreichte ihr die Rose. Sie war überrascht, doch ich konnte merken, wie sehr sie sich freute. Dann lud ich sie in ein Café ein und wir unterhielten uns stundenlang. Vom ersten Moment an war da diese Vertrautheit, als ob wir uns schon ewig kennen würden; und es das Normalste von der Welt war, zusammen zu sein. Sie hatte einen wunderschönen Glanz in ihren Augen. Eigentlich sah sie aus wie ein Engel!“

„Warum hast Du sie verlassen?“
„Das ist es ja, Hannes! Drei Monate waren wir zusammen. Dann bekam ich kalte Füße. Sie wollte sich bereits verloben und heiraten, doch da wurde ich unsicher. Gleich verloben – dazu war ich noch nicht bereit, es ging mir alles zu schnell.

Dann kam die Einberufung zur Armee, dort wollte ich Klarheit gewinnen. Das letzte Mal sah ich sie zwei Tage vor Weihnachten."

Hannes hatte geglaubt, alles über seinen Freund zu wissen. Doch von dieser Geschichte hatte er noch nie gehört.
„Was wurde denn aus ihr?"
Für einen Moment vergaßen beide, dass es nicht klug war, so viel zu sprechen - um nicht zu viel Sauerstoff zu verbrauchen.
Georg fuhr fort: „Nach den zwei Jahren bei der Armee wollte ich den Kontakt wieder aufnehmen. Ich schrieb ihr Briefe, doch es kam keine Antwort. Verständlich - nach allem, was geschehen war. Ich dachte, sie hätte sich von mir abgewandt und gab die Hoffnung auf. Erst Jahre später erfuhr ich die wahre Geschichte."
Georg fiel es nun zunehmend schwerer, zu atmen. Doch nach einer Pause sprach er weiter. „Irgendwann stellte ich Nachforschungen an. Ein früherer Nachbar meiner Tante erzählte, sie sei gestorben. Mit gerade mal achtzehn Jahren! Er wusste nichts

über die Umstände. Warum, war jetzt auch egal. Für mich brach eine Welt zusammen. Insgeheim hatte ich gehofft, wir würden uns noch einmal sehen. Sie war doch die Richtige, das wusste ich inzwischen. Doch dafür war es nun zu spät. Es war mein Fehler, Hannes. Mein größter Fehler."

„Georg, mein Freund", Hannes versuchte ihn zu trösten. Als keine Antwort kam, fragte Hannes schließlich: „Wie hieß sie denn?"

„Sie hieß Kathi. Meine Kathi!"

***

Noch immer drangen keine Geräusche von außen zu den beiden Verschütteten. Vermutlich blieb ihnen nicht mehr viel Zeit. Immerhin - sie waren nicht alleine in dieser verzweifelten Situation. Sie waren Freunde und wenn dies ihr Ende sein sollte, hatten sie wenigstens einander in den letzten Momenten.

Als eine Weile vergangen war, räusperte sich Hannes: „Georg, auch in meinem Leben gibt es etwas, was ich Dir nie erzählt habe."
Eine lange Pause durchdrang die Stille der Grube. „Ich bin ein Waisenkind, niemand außer Beatrice und meinen Eltern weiß das. Sie haben es mir an meinem vierzehnten Geburtstag erzählt. Ich wurde adoptiert. Zwei Jahre alt war ich, als sie mich aus dem Kinderheim geholt haben. Über meine richtigen Eltern weiß ich nichts."
„Nichts?" fragte Georg ungläubig. „Irgend etwas lässt sich doch immer herausfinden."
„Nein", sagte Hannes. „Es gibt nichts. Außer einem kleinen Anhänger, den meine Mutter getragen hat, als sie bei meiner Geburt starb.

Er ist wunderschön. Georg - möchtest Du ihn sehen?“ Hannes knipste seine Grubenlampe an und kramte in seinem Rucksack.
Wie jedes Jahr an Heiligabend hatte er den abgegriffenen braunen Lederbeutel eingesteckt. Es war sein ganz persönliches Weihnachts-Ritual. Er wollte seiner Mutter, die er nie kennen gelernt hatte, an Weihnachten wenigstens auf diese Weise nahe sein.

Mit dem flackernden Licht der Lampe leuchtete er in seinen Bergmanns-Rucksack und holte den kleinen Lederbeutel hervor. Dann nahm er den fein gearbeiteten, silbernen Stern heraus und legte ihn behutsam in seine linke Hand.
Als das Licht der Grubenlampe auf seine Handfläche fiel, blitzte der gelbe Topas hervor, der in der Mitte des Anhängers so kunstvoll eingearbeitet war. Hannes betrachtete ihn zärtlich. „Es ist ein Stern, Georg“, sagte er. „Schau doch mal.“
Er streckte seinen Arm aus in Richtung seines Freundes, der nur einen halben Meter entfernt links von ihm auf dem Boden kauerte.

Sein größtes Geheimnis lag dort in seiner Hand, direkt vor Georgs Augen.
Es verging ein Moment, lang wie eine Ewigkeit. Wie gebannt starrte Georg auf den Anhänger, ohne etwas zu sagen. In seinem Kopf begann sich alles zu drehen. Er wusste nicht, welchen Gedanken er als ersten aussprechen sollte. Und doch bekam er kein einziges Wort heraus.
Auch Hannes schwieg, er dachte an seine wirkliche Mutter und spürte eine zarte liebevolle Schwingung in seinem Herzen. Wie ein feiner Impuls, der ihm das deutliche Gefühl gab, in diesem Moment tief mit ihr verbunden zu sein.
„Gefällt er Dir?“ Hannes wollte seine Hand gerade schließen, um den Stern wieder zurück in den Lederbeutel zu legen. Da ergriff Georg unvermittelt seinen Arm und hielt ihn fest. So fest, dass es Hannes fast weh tat: „Was ist? Was hast Du?“
„Warte!“ stieß Georg hervor. „Bitte warte!“
Er machte eine kurze Pause und atmete tief. Dann sagte er:
“Kann ich ihn noch einmal sehen?“

Erneut öffnete Hannes seine Hand und zeigte Georg den Stern.
„Darf ich ihn einmal halten?“ fragte Georg.
Vorsichtig legte Hannes das Kostbarste, was er besaß, in die von der Arbeit unter Tage verschmutzten, schwieligen Hände seines Freundes. Im Licht der Grubenlampe betrachtete Georg den Stern lang und strich mit einem Finger vorsichtig über den Topas.
Dann plötzlich umschloss er ihn mit seiner Hand und hielt ihn an sein Herz. Noch immer, ohne etwas zu sagen.
„Was ist mit Dir?“ fragte Hannes.
„Hannes…“, Georgs Stimme klang brüchig.
„…kennst Du den Namen Deiner richtigen Mutter?“ fragte er stockend. „Weißt Du, welchen Vornamen sie hatte?

„Ja, warum?“ Hannes wusste immer noch nicht, was das zu bedeuten hatte.
„Sie hieß Katharina.“

„Katharina?“ wiederholte Georg leise.

Im flackernden Licht der Grubenlampe wandte er sein Gesicht zu Hannes und sah ihm direkt in die Augen. Dann griff er nach der Hand seines Freundes, seine Stimme zitterte:
„Hannes! Dieser Stern hat einmal mir gehört! Ich erkenne ihn an dem Edelstein in der Mitte. Genau diesen Topas hab ich vor vielen Jahren oben am Schneckenstein entdeckt und ihn schleifen lassen. Das ist der Stern, den ich damals für meine Kathi habe machen lassen, ein Unikat. Ich habe ihn ihr geschenkt, kurz vor Weihnachten, als wir uns das letzte Mal sahen.“
Ihre Ausweglosigkeit, das Unglück, die lebensgefährliche Situation in der Grube, all das war nun vollkommen unwichtig.
Auch Hannes vergaß alles andere um sich herum. Ihm wurde heiß und kalt gleichzeitig.
„Heißt das ...?“ - er traute es sich kaum zu denken...
„Heißt das... meine Mutter ...
meine richtige Mutter ...
... war Deine Katharina?
Deine Kathi, von der Du mir erzählt hast?“

„Ja“ sagte Georg. „So muss es gewesen sein. Es gibt keine andere Erklärung.“
Er dachte kurz nach, dann sagte er:
„Hannes, Du bist 1955 im August zur Welt gekommen. Genau im Jahr davor war ich mit Kathi zusammen. Sie hatte keinen anderen Mann, sie liebte nur mich.
Hannes... Du....“ wieder brach seine Stimme ab.
„Du... bist...
... mein Sohn!“

In dieser scheinbar ausweglosen Situation, ohne Aussicht auf baldige Hilfe oder Rettung, hatten sich zwei Menschen gefunden.
Sie lagen sich in den Armen, drückten einander so fest es ging - und konnten es beide doch kaum begreifen.
Schon so lange waren sie beisammen.
So vertraut war ihr Miteinander vom ersten Augenblick ihrer Begegnung an gewesen.
Wie oft schon hatte Georg gesagt: „So einen wie Dich hätte ich gern als Sohn gehabt.“
Und nun das ....

Überwältigt von dieser Erkenntnis schienen beide vollkommen zu vergessen, in welch prekärer Lage sie sich befanden. Schließlich war es Hannes, der als erster zurück fand in die bedrohliche Realität.
„Georg“ sagte er, „vielleicht haben wir doch noch eine Chance. So gern würde ich meinen Kindern sagen, dass sie noch einen Großvater haben.“ ... und nach einer Pause: „Meinst Du, die anderen werden uns finden?“
„Wir dürfen nicht einschlafen“, antwortete Georg. „Wir müssen wach bleiben, damit wir, wenn sie kommen, uns bemerkbar machen können.“
Doch wach bleiben - das war nicht mehr lange möglich. Zu erschöpft waren die beiden inzwischen, zu geschwächt vom immer geringer werdenden Sauerstoff-Gehalt in der verbleibenden Luft.
Ihre Gefühle glichen einer Achterbahnfahrt zwischen Verzweiflung und Euphorie. Verzweiflung über die bedrohliche Lage. Euphorie angesichts der überwältigenden Erkenntnis, dass sich am Heiligabend tief unter

der Erde ein Vater und sein Sohn gefunden hatten. Ohne je voneinander zu wissen, wer der Andere die ganze Zeit über in Wirklichkeit war.
Stunden der Dunkelheit und absoluten Stille vergingen. Nicht ein einziges Geräusch drang von außen in den Stollen zu ihnen hinein. Wie lange würde es dauern, bis man sie aus ihrer Lage befreien konnte? Würde es rechtzeitig sein? Würden sie, als Vater und Sohn, noch einmal mit ihren Familien Weihnachten feiern können?
Inzwischen waren sie bald sechs Stunden eingeschlossen. Immer wieder übermannten sie die Müdigkeit und die Erschöpfung. Der Sauerstoff im zugeschütteten Stollen wurde knapper.
Irgendwann schließlich konnten sie einander nicht mehr wach halten und fielen in einen trance-ähnlichen Schlafzustand, aus dem es kein Erwachen mehr geben würde. Wenn ...
... ja, wenn nicht doch noch ein Wunder geschähe!

***

Plötzlich wurde es im Stollen heller.
Zunächst sah es aus wie das kleine Licht einer Grubenlampe, das entfernt aus Richtung des Grubeneingangs leuchtete und langsam aber stetig auf die beiden zuzukommen schien.
Es war wie ein Lichtkegel, er wurde allmählich größer und intensiver - und irgendwann so hell und gleißend, dass jeder Mensch erblindet wäre, wenn er direkt und ungeschützt in dieses strahlende Licht geschaut hätte.
Aber diese Gefahr bestand für Georg und Hannes nicht. Ihre Körper lagen ermattet am Boden der Grube. Sie atmeten schwer und ihre Augenlider waren geschlossen. Beide waren sie mittlerweile bewusstlos – und doch konnten sie gleichzeitig dieses helle und zugleich warme Licht wahrnehmen, welches sich auf sie zubewegte. Die Helligkeit um sie herum breitete sich ständig immer weiter aus. Bald schien es ihnen, als wäre die ganze Grube hell erleuchtet. Wie war das möglich? Was passierte gerade mit ihnen?

Noch ehe ihnen bewusst wurde oder sie in Frage stellen konnten, was geschah, erklang mitten in diese erleuchtete Stille hinein eine Stimme. Sie war hell und so klar, wie es die beiden Bergleute noch nie zuvor gehört hatten:
„Fürchtet Euch nicht. Habt keine Angst.
Es wird Euch nichts geschehen.“

Im gleichen Moment vernahmen sie eine leise Melodie, die den beiden seltsam vertraut erschien. Kurz darauf erhob sich ein wundervoller Gesang:

Wenn der Tag und die Nacht
Sich berühr'n in nur einem Moment
Wenn ein Klang Dich erreicht und Dir sagt
Dass er die Antwort schon kennt
Steht die Zeit ganz kurz still, durch Dein Herz
Strömt ein Gefühl von Ewigkeit
Nur für Dich klingt ein Lied
Auch inmitten der tiefsten Nacht
Klingt vertraut nur für Dich
Bis der Morgen ganz neu erwacht

Als Georg und Hannes diesen Gesang vernahmen, erwachte in ihnen neues Leben. Noch immer lagen ihre beiden Körper auf dem Boden des Grubenstollens; sie schienen bewusstlos zu sein. Doch ihr höheres Bewusstsein war hellwach, sie konnten alles um sich herum wahrnehmen. In einer Klarheit und Tiefe, die sie bislang nicht kannten.
In ihnen erschienen die Bilder ihrer Vergangenheit: Momente des Glücks, der Gefahr, des Liebens und Geliebt-Werdens.
All jene Augenblicke, die man im Alltag so schnell vergisst und die doch die eigentlichen, wichtigen Momente in ihrem Leben waren.
Jene Erinnerungen, die auch dann noch lebendig bleiben, wenn alles andere unwichtig wird.
Während sie sich diesem wundersamen Moment hingaben, erblickten sie im gleichen Augenblick eine strahlende Gestalt, welche sich scheinbar direkt vor ihnen befand und deren Energie sich um sie legte wie ein schützender Mantel. Was war das?

Noch wisst Ihr nicht, wer ich bin; doch wir kennen uns gut. Ich bin die, von der Ihr oft schon geträumt habt. Stets habe ich Euch begleitet, auch wenn Ihr es beide nicht gemerkt habt. Wir sind tief miteinander verbunden.
Ihr hattet den Wunsch, mir noch einmal zu begegnen. Dieser Wunsch kann nun Wirklichkeit werden.
Ihr könnt mich als das sehen, wofür
Euer Herz in diesem Moment bereit ist."

Zunächst war die geheimnisvolle Lichtgestalt den Beiden wie ein Engel vorgekommen. Schon in der Vergangenheit hatten sie von Erzählungen gehört, in denen Bergleute im Moment ihrer größten Not von der Begegnung mit einem Engel berichtet hatten. Manche dieser traditionellen Geschichten erzählten sich die Leute im Vogtland und im Erzgebirge schon seit Jahrhunderten. Doch keiner von den beiden hätte gedacht, selbst jemals etwas Derartiges zu erleben.
Je näher ihnen der lichtvolle Engel war, desto vertrauter erschien den beiden seine Energie.

Als ob sie einander schon seit Äonen kennen würden. Alle ihre Sinneseindrücke schienen im gleichen Moment zu existieren. Noch bevor sie eine Frage aussprechen konnten, erklang sie wieder, jene weiche, bezaubernde Stimme:

Wenn Du singst, wenn Du liebst
Wenn Du lachst, bin ich ganz nah bei Dir
Wenn Du träumst, wenn Du schläfst
Wenn Du wachst, weißt Du, es ist jemand hier
Der Dich sieht, der Dich kennt, der Dich trägt
Wenn Du nicht alles tragen kannst
Spür Dein Herz, es erklingt
Eine ganz leise Melodie
Dann weißt Du tief in Dir
Es gibt Liebe, die endet nie.

Wer bist Du? –
sowohl Hannes als auch Georg wollten diese Frage aussprechen, doch beide waren sie so vollkommen verzaubert von dem, was sich in diesem Augenblick ereignete und was sie noch vor kurzem für völlig unmöglich gehalten

hätten. Fast schien es, als ob der Engel ihre unausgesprochene Frage gehört hätte. Er kam näher. Doch statt ihnen eine Antwort zu geben, berührte er beide nur ganz sanft an der Stirn – an der Stelle zwischen ihren Augen.

In diesem Moment war es, als würde von ihnen ein Schleier genommen, der zuvor dafür gesorgt hatte, dass sie nicht alles auf einmal zu erkennen vermochten.
Nun aber konnten sie auf eine neue, viel deutlichere Weise sehen und spüren, wer vor ihnen stand: Es war die Lichtgestalt derjenigen Frau, welcher beide Bergleute so tief in ihrer Seele verbunden waren und mit deren Schicksal ihr eigenes Leben seit vielen Zeiten so eng verknüpft war. Auch ihre Stimme klang fast so wie zu ihren Lebzeiten:
„Nun könnt ihr erkennen, wer ich wirklich bin. Stets war ich an Eurer Seite, auch wenn ihr es oft nicht spüren konntet. Doch wann immer Ihr an mich denkt, ist es, als ob ich gerufen werde. Seid unbesorgt, Euch wird nichts geschehen."

Die engelhafte Lichtgestalt Katharinas schien sich nun leicht von ihnen fort zu bewegen. Georg und Hannes wäre es in dem Moment am liebsten gewesen, dieser Augenblick wäre nie vorüber gegangen. Sie fühlten keinerlei Bedrohung mehr und spürten eine Art von Geborgenheit, die sie nie zuvor erlebt hatten. Während die Intensität des Lichtes ein wenig abnahm und sich scheinbar wieder von ihnen fort bewegte, erklang noch einmal jener zauberhafte Gesang, der ihnen beiden bereits so seltsam vertraut geworden war:

Jeden Schritt, den Du gehst
Geh ich mit, denn Du bist mir vertraut
Auch wenn Du mich nicht siehst, mich
nicht spürst, bin ich es, der auf Dich schaut
Wie ein Stern für Dich scheint und erstrahlt
Auch wenn der Himmel ihn verhüllt
Bin ich da, es ist wahr
Deinen Weg gehst Du nicht allein
Schau nur hin und Du fühlst
Immer werde ich bei Dir sein

Als erster schlug Hannes seine Augen wieder auf. Neben ihm lag sein Freund Georg, noch immer scheinbar bewusstlos und schwer atmend. Und mit einem Mal fiel ihm all das wieder ein, was soeben geschehen war und worüber sie gesprochen hatten, bevor seine Sinne ihn verlassen hatten und er bewusstlos geworden war. Georg war doch.... war ...

... sein Vater!

Aber was war mit dem Engel?
Er durfte nicht gehen - noch nicht jetzt!
Sie mussten es irgendwie schaffen, aus dieser Grube heraus zu finden, die für sie zu einer Falle geworden war.
„Georg, wach auf!“ rief Hannes.
„Bitte wach auf. Bleib bei mir.
Wir schaffen es nur gemeinsam!“

Schließlich schlug auch Georg seine Augen auf - und das erste was er sah, waren die Augen von Hannes. Da ging ein Lächeln über sein Gesicht. Denn er wusste, er hatte seinen Sohn gefunden!

Aus einiger Entfernung schien jene feine Licht-Silhouette zu ihnen herüber, welche die Blicke der beiden in ihren Bann zog.
„Es ist nun Zeit zu gehen" – erklang die ihnen vertraute Stimme noch einmal aus genau der Richtung, in die sie nun blickten.
"Vergesst niemals, was Ihr erfahren habt.
Es wird Euch helfen in allen Situationen,
die Euch ausweglos erscheinen. Und es wird
Euch daran erinnern, auch den anderen
davon zu erzählen."
So viele Fragen hätten sie noch gehabt.
Doch die engelhafte Stimme klang klar und entschieden. Der Moment des Abschieds schien gekommen. Das strahlende Licht entfernte sich wie ein Stern allmählich immer weiter von ihnen in Richtung Grubeneingang.
Doch wie war das möglich? Dieser war doch verschüttet!
Noch während die beiden darüber nachdachten, hörten sie ein letztes Mal jenen vollkommenen Gesang. Es waren Worte, die sie niemals vergessen würden und die sich tief in ihr Herz einbrannten:

Wir alle sind Engel,
geboren im Licht.
Dort sind wir zu Haus,
doch wir wissen es nicht.
Wir sind unterwegs,
unser Weg ist die Zeit,
doch unsere Heimat
ist Ewigkeit.
In der Tiefe der Nacht
glauben wir uns allein.
Doch mitten im Dunkel
erreicht uns geheim
ein Stern, ein Erinnern,
ein leises Erklingen.
Ein Moment der Vertrautheit,
ein liebendes Schwingen.
Ein Wissen, das sagt:
Niemals sind wir verlor'n.
Der Stern der uns leuchtet,
ist in uns gebor'n.
Der Stern der uns leuchtet,
ist in uns gebor'n...

... der Stern der uns leuchtet, ist in uns gebor'n - diese letzten Worte des Engels hatten sich tief in ihr Herz eingebrannt.

Der Gesang schien gerade verklungen, da hörten die beiden ein dumpfes und tiefes Grollen, das von jenseits der Gesteinsmassen zu ihnen drang.
Zuerst dachten sie, es würden sich weitere Teile der Stollendecke lösen. Doch dieses mächtige und dumpfe Geräusch erklang in größeren Abständen immer und immer wieder. Es wurde lauter und schien binnen kurzer Zeit immer näher zu kommen.
„Georg, ich glaube sie kommen! Sie haben uns gefunden!" Hannes war außer sich. Obwohl sie kaum noch atmen konnten, begannen sie nun, zu rufen und zu schreien. Irgendwann mussten die Anderen sie hören. Sie mussten wissen, dass sie noch lebten und ihr Einsatz sich lohnen würde.

***

Sogar die Erfahrenen unter den Rettungsleuten waren skeptisch gewesen, ob man die Beiden noch lebend finden würde. So lange eingeschlossen zu sein, ohne jede Sauerstoffzufuhr – das konnte normalerweise kein Mensch überleben.

Es war eine über sieben Meter dicke, dichte Wand aus Geröll und Gestein, die den Stollen verschlossen hatte und die beiden Bergleute von ihren zahlreichen Helfern trennte.
Derartige Massen binnen weniger Stunden zu überwinden, schien den beteiligten Experten vor Ort zunächst unmöglich zu sein.
Doch sie mussten es versuchen, das waren sie den beiden Kumpels schuldig, die im Stollen um ihr Leben kämpften. Es war ihre Pflicht - auch wenn die Rettungsaktion für sie selbst gefährlich war und die Gefahr bestand, dass der Zugang zum verschütteten Stollen durch erneute Abgänge noch weiter erschwert werden könnte.

Nachdem die ersten Arbeiten von außen begonnen hatten, wunderten sich die erfahrenen Sprengmeister bereits, warum die tonnenschweren Gesteinsbrocken schon nach der allerersten Sprengung leicht nachgaben. Einige lösten sich scheinbar wie von selbst, als hätte eine höhere Macht ihre Hand im Spiel. Da schöpften sie Hoffnung und merkten, dass ihre Bemühungen Aussicht auf Erfolg haben könnten. Sofort wurde schwereres Gerät angefordert. Man wollte alles dafür tun, das Leben der beiden Kumpels zu retten.

Währenddessen versammelten sich binnen kürzester Zeit vor dem abgesperrten Eingang zur Grube immer mehr Menschen.
Die Nachricht von der dramatischen Rettungsaktion im Bergwerk hatte in Windeseile die Runde gemacht.
Nicht nur aus Klingenthal, sondern auch aus den umliegenden Ortschaften kamen immer mehr Leute hinzu. Sie alle waren in Gedanken bei den beiden Verschütteten und ihren Helfern.

Manche sprachen ein leises Gebet, andere zündeten eine Kerze an. Einige Bewohner hatten heißen Tee und Suppe für die Helfer organisiert. Es gab niemanden, den das Schicksal der beiden Bergmänner an diesem Heiligabend kalt gelassen hätte.

***

Arm in Arm saßen Georg und Hannes auf dem Boden des Stollens, kaum noch in der Lage zu atmen, geschweige denn zu sprechen. Zu dünn war die Luft im zugeschütteten Stollen mittlerweile geworden.
Immer und immer wieder vernahmen sie in Abständen jenes dumpfe, tiefe Grollen, das von jenseits der Gesteinsmauer zu hören war, die sie seit Stunden von der Außenwelt trennte.

Eine gefühlte Ewigkeit verging, da endlich fiel der erste Lichtstrahl eines Scheinwerfers durch die kleinen Ritzen, die von der Rettungsmannschaft in das Geröll der mächtigen Gesteinsmassen gesprengt worden waren.
Unter größten Sicherheitsvorkehrungen und gleichzeitig unter Einsatz ihres eigenen Lebens hatten die Helfer es tatsächlich vermocht, den Durchgang unter Tage frei zu sprengen, um zu den beiden durchzudringen.
Kurz darauf hörten sie erste Stimmen.
„Wir sind hier!“ rief Hannes mit letzter Kraft und hörte, wie unmittelbar darauf einer der Retter schrie:

„Sie leben! Sie sind noch am Leben!“
Für beide war es ein nicht zu beschreibender Moment. Es fühlte sich an wie eine zweite Geburt. Am Ende waren sie doch nicht verloren, wie der Engel es ihnen verheißen hatte…

Als die ersten Helfer zu ihnen kamen, waren sie so erschöpft, dass sie sich kaum bewegen konnten. Ihre Beine gehorchten ihnen nicht mehr, doch sie waren nur noch glücklich. Ihnen war, als hätten sie in diesen Stunden der Verzweiflung und tiefsten Dunkelheit mehr über das Licht erfahren, als in ihrem ganzen bisherigen Leben.
Als die Beiden schließlich auf einer Trage zusammen mit ihren Rettern durch den längsten Teil der Grube gelangt waren und vor sich bereits den Ausgang erahnen konnten, erblickten sie am Ende der Grube einen Lichtkranz, der sich wie ein Halbrund über die Mündung des Stollens legte. Fast sah es aus wie ein riesengroßer Schwibbogen.

Doch dieser hier war so unglaublich hell und strahlend, wie keine Kerze und kein Licht der Welt ihn hätten erleuchten können.
Ein gleißend heller Stern schien durch diesen Bogen hindurch in das Dunkel der Grube hinein bis zu ihnen. Beide blickten sie fasziniert und unverwandt in das unglaublich intensive Licht, ohne dass es sie geblendet hätte.
In diesem Moment stieg in ihnen die Erinnerung hoch an das, was sie beide unten im Stollen erlebt hatten.
„Georg, siehst Du das auch?" Hannes blickte hinüber zu seinem Kumpel und besten Freund, der nun auch sein Vater war.
Georg war noch nicht in der Lage zu sprechen, doch seine Augen sagten mehr als Worte.
Er dreht seinen Kopf zu Hannes und schaute von seiner Trage zu ihm herüber. Ein leichtes Lächeln kam über seine Lippen und er nickte ihm mit einem stillen Einverständnis wie zur Bestätigung zu.
Beide hatten sie den Engel gesehen – obwohl sie doch zu diesem Zeitpunkt bewusstlos gewesen waren.

Wie bloß sollten sie all das ihren Freunden, ihrer Familie, ihren Kumpels, ihren Liebsten erklären?
War am Ende alles nur ein Traum?
Waren es halluzinatorische Erlebnisse?
Eine Ausschüttung von Stresshormonen?
Doch wie konnte es dann sein, dass sie *beide* exakt das Gleiche erlebt hatten?
Einen Engel, strahlend und lichtvoll, der sich ihnen offenbart, ihnen Mut zugesprochen hatte; sie an das Wesentliche erinnert und ihnen verheißen hatte, dass sie auch inmitten der tiefsten Nacht niemals alleine sind...

Fasziniert und voller Staunen wandte sich Hannes an seine Retter: „Seht Ihr das auch? Seht doch, dieses wunderbare Licht!"
Doch die Helfer um ihn herum glaubten, die beiden Verschütteten stünden noch immer unter Schock. Keiner von ihnen vermochte sie ansatzweise zu verstehen. Niemand begriff, wovon sie sprachen und was sie damit meinen konnten. In diesem Moment ahnten die Beiden:

Es war jenes „andere“ Licht, welches ihnen begegnet war und von dem der Engel ihnen gesungen hatte.
Das war er - der Stern, der ihnen leuchtete... Doch diesmal leuchtete er nicht nur im Außen, sondern er leuchtete in ihrem Inneren. Es war wie eine tiefe Gewissheit, die den Anderen nicht so einfach zu erklären war...

***

Bei eisiger Kälte hatten hunderte Menschen seit Stunden vor den Toren des Bergwerks ausgeharrt. Sie konnten nichts tun, außer in ihren Gedanken bei den Verschütteten zu sein und auf deren Rettung zu hoffen – und doch wollte keiner von ihnen gehen.
Als schließlich nach einer endlos scheinenden Zeit des Wartens die ersten Helfer am Ausgang der Grube sichtbar wurden, hob einer von ihnen beide Daumen, um den Wartenden zu signalisieren, dass die Rettung erfolgreich war.
Kurz danach sah man, wie die beiden erschöpften Kumpels auf Tragen aus dem Stollen heraus gebracht wurden.
Da brandete Beifall auf in der Menge - er galt allen Beteiligten, den Geretteten eben-so wie ihren mutigen Helfern, denen das scheinbar Unmögliche gelungen war.
So mancher unter den vielen Leuten konnte seine Tränen in diesem Moment nicht mehr zurück halten, ebenso einige der Helfer.
Für sie alle waren es berührende Momente und in kürzester Zeit machte das Wort vom „Weihnachtswunder“ die Runde.

Nicht nur die Geretteten, ihre Familien und ihre Helfer – auch der ganze Ort und seine Bewohner schienen wie verwandelt durch die Geschichte der beiden Kumpels und deren Schicksal. Mit einem Mal erschien das Weihnachtsfest vielen von ihnen in einem ganz neuen Licht - nach allem, was geschehen war.

An diesem bewegenden Heiligabend erklangen in Klingenthal sämtliche Kirchenglocken noch einmal – in Dankbarkeit für die Rettung der beiden Bergleute. Diesmal fand Weihnachten in den Herzen all jener statt, die sich von diesem Wunder hatten berühren lassen.

***

Georg und Hannes ahnten beide schon, dass dies kein Zufall war: Als sie untersucht wurden, konnte keiner der Ärzte irgendeinen äußeren oder inneren Schaden feststellen. Nicht einmal geringste Befunde einer Kohlenmonoxid-Vergiftung waren zu finden - es war rein medizinisch in keinster Weise zu erklären.
Und so hatten sie gegen den Protest der ärztlich Verantwortlichen darauf bestanden, schon nach Stunden die Klinik wieder zu verlassen, in die sie zunächst zur Beobachtung eingeliefert worden waren. Sie wollten jetzt nur noch eines:
Weihnachten feiern!

Sie wollten das Wunder, welches ihnen widerfahren war, mit allen teilen. Nun, da sie einander gefunden hatten - auf eine ganz neue und unvorbereitete Weise, die sie sich selbst niemals hätten träumen lassen.
Es fühlte sich an wie ein neues Leben und – wie eine neue Familie!

„Kein einziges Weihnachtsfest mehr werde ich ohne Dich feiern!“ sagte Hannes zu Georg, als sie die Wohnstube betraten.
Im Schein der Kerzen und des Christbaumes berichteten die Beiden ihren Liebsten in allen Einzelheiten, welche Geheimnisse sie tief unten in der Grube erfahren hatten.
Nachdem sie ihre ganze Geschichte zu Ende erzählt hatten, rief Nina triumphierend in die Runde:
„Seht ihr, ich hab’s doch gewusst! Jetzt habe ich zu Weihnachten doch noch meinen „Extra-Opa“ bekommen!“
Da mussten auch Hannes und Georg lachen - und zum allerersten Mal nach all den vielen Jahren, in denen sie einander bereits kannten, feierten sie Weihnachten als das, was sie in Wirklichkeit waren – als Vater und Sohn.

Als es schließlich an die weihnachtliche Bescherung ging, kamen Nina und Mario feierlich mit zwei kleinen Päckchen auf Hannes und auf Georg zu und überreichten jedem von ihnen eines davon.

„Hier, das ist für Euch!“ sagte Mario.
Nina ergänzte stolz: „Das haben wir ganz alleine gemacht!“
Mario setzte sich zu Hannes auf dessen Schoß, Nina saß bei Georg. Unter den aufgeregten Blicken der Kinder öffneten die beiden Freunde ihr Weihnachtsgeschenk und konnten kaum glauben, was sie in der liebevollen Verpackung fanden: Es waren zwei kleine Holz-Figuren. Die beiden Kinder hatten sie genau in jenen Stunden geschnitzt, in denen ihr Vater und Georg zusammen in der Grube um ihr Leben kämpften.

Innig umarmte Georg seine beiden Enkelkinder, dann blickte er Hannes lange an. Keiner von ihnen sagte ein Wort, als sie ihr Geschenk in ihren Händen hielten. Worte waren nicht mehr nötig. Denn es waren zwei kleine, selbst gemachte ...

...Engel

EPILOG

Klingenthal, 25. Dezember 1990

Am frühen Morgen des ersten Weihnachtstages machte sich Hannes auf den Weg.
Es war kalt und er hatte kaum geschlafen.
Die gemeinsame Feier am Heiligabend als wiedervereinte Familie hatte bis in die Nacht hinein gedauert. Doch die Begleitumstände waren ihm egal, denn dieser Moment schien ihm so wichtig zu sein, wie nichts anderes auf der Welt.
Nach einer guten Viertelstunde war er durch die winterliche Kälte an Georgs Haus angekommen. Erst nach langem Klingeln öffnete dieser die Tür.
"Was machst Du denn schon so früh hier? Wir sind doch gerade erst ins Bett gegangen!" begrüßte ihn Georg, der noch geschlafen hatte.
„Du wirst es nicht bereuen" erwiderte Hannes und klopfte sich den Schnee von der Jacke.
Als sie beide in der Wohnstube standen, zog Hannes etwas aus seiner Brusttasche,

das aussah wie ein Briefumschlag.
„Diese Zeilen wurden vor langer Zeit geschrieben - vor mehr als fünfunddreißig Jahren. Es ist ein Brief an Dich, Georg! Jetzt ist der Moment gekommen, ihn zu lesen!"
Hannes überreichte ihm den Umschlag. Gemeinsam setzten sie sich auf die Eckbank in der Küche und hielten das schon etwas vergilbte Stück Papier in den Händen:

„Berlin, den 20. April 1955.
Mein Liebster, morgen ist es vier Monate her, dass wir uns zum letzten Mal geküsst haben...."
Sanft legte Hannes seinen Arm um die Schulter von Georg, der längst von seinen Gefühlen übermannt wurde.
Als sie bei den letzten Zeilen aus Katharinas Brief angekommen waren, schien ihnen, als spürten sie ganz sanft noch einmal den Klang: Jene vertraute Schwingung, welche die drei für immer miteinander verband und dort gespeichert war, wo sie niemand mehr auslöschen konnte ...

Wie ein Stern für Dich scheint und erstrahlt
Auch wenn der Himmel ihn verhüllt
Bin ich da, es ist wahr
Deinen Weg gehst Du nicht allein
Schau nur hin und Du fühlst
Immer werde ich bei Dir sein

Über den Autor

Dirk Michael Steffan studierte nach seinem Abitur Philosophie und Theologie und arbeitete zunächst als Journalist. Einem breiten Publikum wurde er in den 90er Jahren bekannt als Hörfunk- und Fernseh-Moderator, u.a. bei Radio NRW, VOX, dem Nachrichtensender n-tv sowie dem WDR und MDR. Als Produzent arbeitete er im Auftrag von ProSieben, Kabel Eins sowie des ZDF und war verantwortlich für viele erfolgreiche TV-Formate. Mit Mitte dreißig entwickelte er seine erste große Bühnen-Produktion unter dem Titel *„Vom Geist der Weihnacht“*. Das von ihm geschriebene Musical wurde mit bislang über 700.000 Besuchern zu einem großen Erfolg bei Publikum und Kritikern. Er arbeitete mit vielen prominenten Künstlern wie Stefanie Hertel, Jeanette Biedermann, Patricia Kelly (Kelly Family) oder Marie-Luise Marjan (Die Lindenstraße). Darüber hinaus engagiert sich Dirk Michael Steffan karitativ für die Belange von benachteiligten Kindern, u.a. durch erfolgreiche Kooperationen mit dem Kinderprojekt ARCHE, dem Malteser Hilfsdienst und UNICEF. Die vorliegende Erzählung *„Der Stern, der uns leuchtet“* ist sein erstes Buch.

Mein tief empfundener Dank gilt

Tanja
... für all Deine Liebe
und Deinen Glauben an das Gelingen
Stella Noelle
... für Dein begeistertes Zuhören
bei meinen ersten Geschichten
Herbert
... für Dein offenes Herz, als es um die
wirklich wichtigen Dinge im Leben ging
Christian
... für Deine ehrliche Freundschaft
und konstruktive Ermutigung

Euch
... die ihr die Entstehung dieser Geschichte
-jeder auf seine ganz eigene Weise- begleitet
habt:
Stefanie Hertel | Steffen Gerisch | Bernd Glas
Dieter Ring | Friedrich Merle | Richard Senges
Richard Bach | Steffen Pestel | Brian L. Weiss
Ramses

Ein besonderer Dank gilt
... dem Besucherbergwerk
Schneckenstein / Tannenbergsthal
und seinen vielen wunderbaren Mitarbeitern

... und nicht zuletzt
DANKE an alle Wegbegleiter und
Co-Autoren hinter den Kulissen dieser Welt!

***

Adressen | Links

www.vomgeistderweihnacht.de
www.momentederliebe.de
www.christian-salvesen.de
www.schneckenstein.de

IMPRESSUM

Titelbild / Graphische Gestaltung:
Tanja Renate Steffan

Lektorat:
Christian Salvesen

Medien-Beratung:
Das Morgenland / Andrea Schirnack

Reise-Dispo:
Travelling Angels

Catering:
La Gondola Due | Berlin
Stiftskeller St. Peter | Salzburg
PRATIRIO | Berlin

Produktion: MyWay Entertainment GmbH

KONTAKT:

Agentur Schöner Götterfunke
Blumenstraße 4 | D-83229 Aschau
dirk.steffan@momentederliebe.de
tanja.steffan@momentederliebe.de

www.momentederliebe.de

***

Zeitfracht Medien GmbH
Ferdinand-Jühlke-Straße 7
99095 Erfurt, Deutschland
produktsicherheit@kolibri360.de